AF427727

E. T. A. HOFFMANN

EL HOMBRE DE ARENA Y OTROS CLÁSICOS ALEMANES

EL HOMBRE DE ARENA Y OTROS CLÁSICOS ALEMANES

E. T. A. HOFFMANN

©Colección Erandique
Supervisión Editorial: Óscar Flores López
Diseño de portada: Andrea Rodríguez
Administración: Tesla Rodas
Director Ejecutivo: José Azcona Bocock

Primera Edición
Tegucigalpa, Honduras—Marzo de 2024

EL VIOLÍN DE CREMONA

I

El consejero Crespel era el tipo más original que pueda imaginarse. Tanto, que cuando llegué a H… con la intención de pasar allí unos días, todo el vecindario hablaba de él: por entonces estaba en el apogeo de sus extravagancias.

Como jurista sabio y diplomático experto, Crespel había alcanzado gran consideración. El príncipe reinante de un pequeño Estado alemán —bastante poderoso— recurrió a él para redactar un memorial destinado a la corte imperial, sobre cierto territorio respecto del cual creía tener legítimas pretensiones. El resultado fue tan favorable que, un día en que Crespel se quejaba de no encontrar una vivienda a su gusto, el príncipe, deseoso de recompensarlo, se ofreció a costearle una casa cuya construcción dirigiría el consejero en persona.

Además, el príncipe le propuso comprarle el terreno que más le conviniera, pero Crespel lo eximió de eso: señaló que ningún sitio era mejor que el delicioso jardín que él poseía junto a las puertas de la ciudad.

Comenzó, pues, por adquirir todos los materiales necesarios y mandó transportarlos allí. Desde entonces se le veía a todas horas con un traje especial —diseñado también según sus propios principios— apagando la cal, cribando la arena y apilando los ladrillos en montones simétricos, sin haber consultado a arquitecto alguno ni trazado plano alguno.

Sin embargo, una mañana muy temprano fue a buscar a un honrado maestro albañil y le pidió que, al amanecer del día siguiente, se presentara en su jardín con un número determinado de operarios para comenzar la obra. Cuando el albañil, naturalmente, le pidió ver los planos, no pudo ocultar su sorpresa al oír que Crespel decía que no eran necesarios y que todo marcharía perfectamente.

Al día siguiente, cuando el maestro llegó con sus hombres al lugar indicado, encontró una zanja que formaba un cuadrado perfecto. Entonces el consejero le dijo:

—De aquí saldrán los cimientos. Luego levantarán las cuatro paredes hasta que yo les diga que basta…

—¿Cómo? ¿Sin puertas, sin ventanas, sin tabiques? —exclamó el albañil, casi aturdido por la rareza.

—Haga lo que le digo, buen hombre. Lo demás vendrá después.

Solo la promesa de una buena recompensa decidió al albañil a embarcarse en aquella construcción disparatada. Y, en verdad, nunca se levantó edificio alguno en medio de tantas bromas. Las paredes subían entre carcajadas; los operarios no abandonaron la obra —pues tenían abundante comida y bebida— hasta que llegó el día en que Crespel les gritó:

—¡Basta!

Al instante cesó el ruido de las herramientas. Los trabajadores bajaron de los andamios y, rodeando a Crespel, parecían preguntarle con sorna:

—¿Y ahora qué hacemos?

—Ábranme paso —exclamó el consejero, corriendo hacia un extremo del jardín.

Volvió al poco rato y caminó lentamente frente a las cuatro paredes. Sacudió la cabeza con disgusto, se alejó… y regresó varias veces del mismo modo. Hasta que, de pronto, corrió y se estrelló casi de frente contra la pared.

—¡Bien! Aquí, muchachos: ¡aquí una puerta! ¡Ábranme una puerta aquí!

Marcó las medidas, y se cumplieron sus órdenes. Una vez abierta, entró y sonrió con franca satisfacción cuando el maestro le hizo notar que el edificio tenía, con precisión, la altura de una casa de dos pisos.

Crespel se paseaba en todas direcciones por el interior, seguido por los operarios armados con picos, mazas y martillos. Y a medida que iba gritando:

—¡Una ventana aquí! ¡Seis pies de alto por cuatro de ancho! ¡Allá una claraboya!

…se abrían huecos al instante.

Llegué a H… justamente durante esa fase. Era, en verdad, divertido ver a los curiosos reunidos por centenares alrededor del jardín, lanzando gritos de júbilo al ver volar las piedras y aparecer una ventana donde menos se la esperaba.

El resto de la construcción siguió igual: Crespel daba órdenes según la inspiración del momento, y todos obedecían. Lo extraño de la empresa, la sensación de que la obra marchaba mejor de lo previsto y, por último, la generosidad del dueño mantuvieron el buen humor de los operarios. Se vencieron las dificultades de aquel modo aventurado de construir y, en poco tiempo, la casa quedó terminada.

Es cierto que, vista desde fuera, resultaba casi ridícula: no había dos ventanas iguales. Pero su distribución interior ofrecía todas las comodidades y satisfacía incluso el gusto más exigente. Nadie la visitaba sin admitirlo, y yo mismo se lo dije a Crespel un día que me llevó a verla.

II

Hasta entonces no había podido conversar con aquel consejero extravagante. La construcción lo tenía tan absorbido que el martes —contra su costumbre— ni siquiera fue a comer a casa del profesor M..., enviándole aviso de que había decidido no salir del jardín hasta inaugurar la casa.

Amigos y conocidos imaginaron que, llegado ese momento, los agasajaría con un espléndido banquete. Se equivocaron: los invitados fueron únicamente los albañiles, carpinteros, peones y aprendices que habían trabajado en la obra, a quienes trató como a reyes.

Era cosa de ver a los aprendices devorando con ansia platos de perdiz; a los mancebos de carpintero atacando pechugas de faisán asado; y a los peones, hambrientos, engullendo sin ceremonia delicados trozos de asado con trufas.

Por la noche acudieron las mujeres y las hijas de los operarios, y comenzó un gran baile. Crespel bailó con algunas y luego se sentó entre los músicos; con el violín en la mano, dirigió la orquesta hasta el amanecer.

El martes siguiente tuve por fin el gusto de ver a Crespel en casa del profesor M..., y nada me sorprendió tanto como sus modales: rudo de aspecto y brusco en sus gestos, era imposible mirarlo sin temer que en cualquier momento se lastimara o rompiera algún mueble. Sin embargo, nada de eso ocurría. La señora de la casa —acostumbrada, sin duda— lo contemplaba impasible mientras él daba vueltas a pasos descompasados alrededor de una mesa central cargada de porcelanas finísimas; gesticulaba junto a un gran espejo; tomaba un jarrón deliciosamente pintado y lo agitaba en el aire, como si quisiera examinar mejor los colores.

Crespel tenía la costumbre de revisar, uno por uno, los objetos del salón mientras esperaba la comida. Ese día incluso llegó al extremo de subirse a un sillón para descolgar un cuadro y volver a colgarlo después de mirarlo.

Hablaba sin parar, con gran vivacidad, saltando de un tema a otro, volviendo sobre lo mismo tras mil rodeos, hasta que algo nuevo lo atrapaba con más fuerza. Su voz era áspera y violenta; a ratos quejumbrosa, a ratos solemne; pero nunca parecía encajar con lo que decía.

Se habló de música. Uno de los presentes elogió a un joven compositor. Crespel sonrió y dijo, con acento disonante:

—Que Satanás se lo lleve bajo sus alas negras, a ese maldito alineador de notas, a diez mil millones de leguas bajo tierra…

Apenas terminó esa maldición, exclamó con voz hueca e irritada:

—En cambio ella es un ángel del cielo. Todo en ella es armonía, música divina; es, en fin, la luz y el astro del canto.

Para que se entienda aquel giro brusco, conviene saber que hacía ya más de una hora que hablaban de una célebre cantante.

En la comida sirvieron liebre asada. Noté que Crespel colocaba los huesos al borde del plato con un cuidado singular. Al terminar, pidió las patas del animal, y una hija del profesor —todavía pequeña— se las trajo sonriendo, con familiaridad.

Durante la comida fue el encanto de los niños, que no dejaban de mirarlo con simpatía. Cuando levantaron la mesa, se acercaron con respeto y se quedaron a cierta distancia. El consejero sacó del bolsillo un diminuto torno de acero, lo fijó sobre la mesa, tomó los huesos que había separado y empezó a tornearlos, fabricando con admirable destreza bolos, cajitas y otros juguetes, que los muchachos recibieron con gritos de alegría.

La sobrina del profesor le preguntó:

—¿Y cómo está nuestra Antonia, señor consejero?

Crespel hizo una mueca espantosa. Luego se dominó, forzó una sonrisa extraña y dijo, con voz estridente y medida:

—Nuestra… nuestra querida Antonia…

El profesor se apresuró a intervenir, y al mismo tiempo le lanzó una mirada severa a su sobrina, como indicando que acababa de tocar una cuerda dolorosa en el corazón de Crespel.

—¿Cómo van los violines? —preguntó, tomándole las manos como para distraerlo.

—Perfectamente, maestro —respondió Crespel, serenándose al instante—. Hoy he empezado a despedazar el excelente violín de Amati del que les hablé, y que una feliz casualidad puso en mis manos. Creo que Antonia habrá terminado de desmenuzarlo con esmero.

—Antonia es una buena muchacha —dijo el profesor.

—Sin duda —exclamó Crespel.

Se caló el sombrero, tomó el bastón y se marchó con prisa. Yo noté en el espejo que le brillaban dos lágrimas en los ojos.

Apenas se retiró, tomé aparte al profesor y le rogué que me explicara qué relación había entre Antonia, los violines y el consejero.

—Debe usted saber —me dijo— que el consejero, que es extraordinario en todo, construye violines a su manera, que es tan singular como el resto de su vida.

—¿Construye violines? —pregunté, asombrado.

—Sí —continuó el profesor—, y según opinan quienes entienden del asunto, son los mejores de la época. Antes, cuando terminaba uno a su gusto, dejaba que sus amigos lo probaran; ahora, ni hablar. Apenas lo concluye, lo toca una o dos horas con notable talento y lo cuelga junto a los demás, sin permitir que nadie lo use.

Si sale a la venta un violín de algún maestro antiguo, lo compra cueste lo que cueste. Y lo mismo que hace con los suyos: lo toca una vez, luego lo desmonta para examinar minuciosamente su estructura interior, y si no encuentra lo que se imaginaba, arroja furioso los pedazos a un enorme cofre, ya casi lleno de restos semejantes.

—¿Y Antonia? —pregunté con impaciencia.

—En cuanto a eso —dijo el profesor—, bastaría para hacerme detestar al consejero, si no estuviera convencido, conociendo como conozco su carácter bondadoso, de que en sus relaciones con ella hay alguna circunstancia secreta que ignoramos. Cuando, hace ya algunos años, Crespel vino a establecerse aquí, vivía como un ermitaño en una casucha oscura, acompañado solo por una vieja criada. Pronto sus rarezas despertaron la curiosidad del vecindario; y, al notarlo, se apresuró a cultivar relaciones. Se volvió familiar no solo en mi casa, sino en todas, hasta el punto de hacerse indispensable.

A pesar de su aparente dureza, hasta los niños han llegado a quererlo; aprenden, eso sí, a no importunarlo, como habrás podido comprobar al ver cómo los atrae con sus labores ingeniosas. Todos lo creíamos un viejo solterón, y él nunca se tomó la molestia de desmentirnos, hasta que, pasado un tiempo, se marchó de improviso, sin decirle a nadie el motivo del viaje. Regresó al cabo de algunos meses.

Al día siguiente de su vuelta, las ventanas de su casa aparecieron iluminadas de un modo extraordinario, lo cual llamó la atención de los vecinos. Al mismo tiempo se oyó una voz maravillosa, una voz de mujer acompañada por los acordes del piano; y poco después, el sonido de un violín que parecía competir con aquella voz en fuerza y agilidad. Nadie dudó de que el violín lo tocaba el consejero: era inconfundible.

Yo mismo me mezclé con la multitud reunida frente a la casa, junto al jardín, y debo confesar que, al lado de aquella voz desconocida y de su acento hechizante, el canto de las cantantes más célebres me pareció pálido y sin vida. Nunca había imaginado esos tonos sostenidos durante tanto tiempo, esos trinos dignos de un ruiseñor, esa pureza de notas que a veces subían hasta imitar los resonantes sonidos del órgano y otras descendían hasta parecer un leve susurro. Todo el público estaba suspendido de aquella música, y solo cuando la voz callaba se oía, en el silencio, la respiración contenida.

Sería ya medianoche cuando se oyó la voz potente del consejero, hablando con viveza, y otra voz de hombre que parecía reprocharle algo. Entre la discusión se mezclaban las palabras lastimeras de una joven. El consejero iba elevando el tono hasta adoptar ese acento retumbante que ya conoces. Un grito agudo de la muchacha lo cortó en seco y, enseguida, cayó un silencio sombrío.

Por último, se vio salir precipitadamente de la casa a un joven apuesto, sollozando. Se arrojó a una silla de postas que lo esperaba y se alejó a toda prisa.

Al día siguiente el consejero nos lo presentó con aire risueño, y nadie se atrevió a preguntarle por lo ocurrido la noche anterior. Solo su ama de llaves contó que Crespel había traído consigo a una joven de extraordinaria belleza, a la que llamaba Antonia, y que cantaba de maravilla. Añadió que, junto con ella, había llegado también un joven que, por la ternura con que la trataba, parecía su prometido, pero a quien el consejero obligó a marcharse una noche, de manera abrupta.

Las relaciones de Antonia con Crespel —continuó el profesor— han quedado envueltas hasta hoy en un velo de misterio. Lo cierto es que el consejero ejerce sobre ella una tiranía espantosa: está vigilada como la pupila de don Bartolo en El barbero de Sevilla. Apenas le permite asomarse a la ventana, y si alguna vez, cediendo a insistencias, la lleva a una reunión, no le aparta la vista un solo instante. No tolera que, en su presencia, se oiga una nota; mucho menos que la hagan cantar.

Tampoco, al parecer, se lo permite en su casa. De modo que aquel concierto nocturno, de aquella noche memorable, se volvió una especie de leyenda. Y ahora hasta quienes no tuvieron la suerte de oírlo dicen, cuando debuta alguna cantante:

—Todo eso no es nada; para cantar, nadie como Antonia.

III

No imaginas hasta qué punto me atrae lo fantástico. Desde aquel momento no pensé en otra cosa que en conocer a Antonia. La admiración del público me había dado la medida de los encantos de su voz; pero estaba muy lejos de sospechar que aquella joven viviera en la ciudad, y menos aún que estuviera sometida al dominio del extravagante Crespel.

Cuando me acosté, creí oír entre sueños el canto celestial de Antonia; y me pareció que me suplicaba que la salvara, precisamente en un adagio que yo mismo había compuesto. Desde entonces tomé la resolución de entrar en la casa del consejero, como un nuevo Astolfo en un palacio encantado, para liberar a la reina del canto de su odioso cautiverio.

Todo ocurrió de un modo muy distinto de lo que yo había imaginado. Apenas vi a Crespel y hablé con él dos o tres veces, con cierto interés, sobre la mejor estructura de los violines, cuando me invitó a visitar su casa. Acepté, y me mostró su tesoro: unos treinta violines colgados en su aposento. Entre ellos destacaba uno cubierto de tallas, con todas las señales de gran antigüedad. Estaba colocado mucho más alto que los demás y rodeado por una corona de flores, como si fuera el rey de todos aquellos instrumentos.

—Este —me dijo el consejero— es la obra maestra de un desconocido, al parecer contemporáneo de Tartini. Estoy convencido de que su construcción interior guarda algo singular, y que al desmontarlo encontraré la clave de un misterio que busco desde hace mucho tiempo. Ríanse de mí si quieren, pero este instrumento inanimado, al que le doy voz y vida cuando me place, me responde con un lenguaje misterioso. La primera vez que lo oí, me sentí como un magnetizador cuando despierta a un sonámbulo y lo conduce a revelar sus sensaciones más secretas.

No crean que estoy tan trastornado como para dejarme dominar por semejantes fantasías; pero ¿no es extraño que, hasta ahora, no haya tenido el valor suficiente para desmontar esta máquina silenciosa? Además, me alegro de no haberlo hecho: desde que Antonia está conmigo, de vez en cuando lo toco, y no se imaginan cuánto le complace escucharlo.

Su emoción al decir esto me animó a pedirle:

—Estimado señor, ¿tendría la bondad de tocarlo en mi presencia?

Ante mi ruego reapareció en su rostro ese gesto habitual de fastidio, y me respondió con voz lenta y medida:

—No, querido estudiante.

Y ahí quedó el asunto.

Después de mostrarme muchas rarezas —la mayoría pueriles— abrió una cajita, sacó un papel doblado y, con solemnidad, me lo puso en las manos.

—Ya que eres amigo del arte, acepta este regalo como recuerdo. Te será más grato que cualquier otra cosa.

Dicho esto, me empujó con suavidad hacia la puerta y, en el umbral, me dio un abrazo. Así, de manera casi ceremonial, se despidió de mí.

Cuando desdoblé el papel, encontré dentro un pedacito de cuerda de violín, de poco más de una pulgada, y en el envoltorio estaba escrito:

"Pedazo de la quinta cuerda que el ilustre Stamitz colocó en su violín durante su último concierto."

Dicho esto, me empujó suavemente hacia la puerta y, en el umbral, me dio un abrazo. De ese modo, casi ceremonial, se despidió. Al desdoblar el papel, encontré dentro un trocito de cuerda de violín, de poco más o menos una pulgada, y en el envoltorio se leía: «Fragmento de la quinta cuerda que el ilustre Stamitz puso en su violín durante su último concierto».

La despedida brusca que me dio en cuanto pronuncié el nombre de Antonia me hizo pensar que no volvería a verla jamás. Sin embargo, no fue así. En mi segunda visita al consejero encontré a Antonia en su habitación, ayudándolo a reunir las piezas de un violín.

A primera vista, la joven no llamaba demasiado la atención; pero al cabo de un rato era casi doloroso apartar la mirada de sus ojos azules y de sus labios sonrosados, enmarcados por facciones tiernas y dulces. Aunque estaba algo pálida, en cuanto la conversación se animaba con discreción, sus mejillas se encendían y una sonrisa angelical le rondaba la boca.

Yo hablé con ella con naturalidad, y no noté en Crespel aquellas "miradas de Argos" de las que me había hablado el profesor; al contrario, el consejero conservó su actitud habitual y, por momentos, hasta parecía complacido de vernos conversar.

Así, mis visitas se hicieron más frecuentes, y la costumbre de tratarnos fue dándoles una intimidad verdaderamente encantadora. Las rarezas de Crespel me divertían, sí, pero quien ejercía sobre mí un atractivo irresistible —y me hacía soportar cosas que en cualquier otra ocasión habrían chocado con mi carácter impaciente— era la interesante Antonia.

La conversación del consejero, a menudo, era pesada y de mal gusto. Lo que más me molestaba era verlo, apenas se hablaba de música y, sobre todo, de canto, volverse hacia mí con semblante alterado y, con una sonrisa forzada, soltar con voz lenta alguna extravagancia para desviar el tema. Por la tristeza que se dibujaba entonces en el rostro de la joven, yo sospechaba que Crespel actuaba así para impedir que yo la invitara a cantar.

Pero no renuncié a mi propósito. Cuanto más obstáculos me ponía, más firme me volvía. Necesitaba oír la voz de Antonia; de lo contrario, sentía que enloquecería, consumido todo el día por las ilusiones que me había formado.

Una noche encontré a Crespel de un humor excelente. Acababa de desmontar el violín de Cremona y había descubierto que el alma estaba casi una pulgada más inclinada que en los demás: ¡un hallazgo precioso para la práctica! Logré entusiasmarlo hablándole del verdadero modo de tocar el violín; y, al mencionar él a grandes cantantes y maestros antiguos, me vi llevado a criticar el nuevo sistema de canto, que se amolda al ruido de la orquesta y se somete al capricho del instrumentista.

—¿Qué mayor absurdo —dije, levantándome de golpe y abriendo el piano— que ese modo de lanzar sonidos, como si se fueran tirando uno a uno al suelo?

Acto seguido canté algunos de esos recitativos modernos, acompañándolos con acordes horribles. Crespel soltó carcajadas estruendosas y exclamó:

—¡Ja, ja, ja!… Me parece estar oyendo a nuestros alemanes italianizados, o a nuestros italianos germanizados, cantando trozos de Pacitta, de Portogallo o de algún maestro de capilla.

"Ha llegado el momento", pensé. Me volví hacia Antonia y le dije:

—¿No es cierto que ni siquiera tú conocías este método?

Y, al mismo tiempo, entoné una canción admirable y apasionada del viejo Leonardo Leo. Las mejillas de Antonia se encendieron de pronto, sus ojos brillaron y, con ímpetu, se acercó al piano. Abrió los labios… pero Crespel, en el mismo instante, la hizo retroceder y, agarrándome por los hombros, gritó con voz alterada:

—¡Eh, muchacho! ¡Muchacho!

Luego, retomando ese tono lento y ceremonioso que le era habitual, y haciéndome una reverencia, me dijo:

—Joven, sin duda faltaría a toda buena educación si te dijera sin rodeos que deseo que el diablo te arrastre hasta el fondo del abismo. Pero, dejando eso aparte, comprenderás que la noche está muy oscura y, como no hay faroles encendidos, no hace falta que te arroje por la ventana para que llegues a casa con dificultad… y quizá sin los huesos enteros. Toma, pues, la escalera y cuenta con el afecto de un amigo. Eso sí: no te sorprendas si nunca vuelves a encontrarme en casa. ¿Lo entiendes?… ¡Nunca, jamás!

Dicho esto, me pasó el brazo por los hombros y me fue empujando lentamente hacia la puerta de un modo tan extraño que no pude ni siquiera cruzar una mirada con Antonia, para despedirme al menos con los ojos.

Se comprende que, aunque me ardían las ganas de darle una paliza al consejero, en aquella situación era imposible. Mi desgraciada aventura hizo reír mucho al profesor, quien me aseguró que, esta vez sí, mis relaciones con Crespel habían terminado para siempre. Y en cuanto a Antonia, era para mí un ser demasiado noble y sagrado como para ponerme a rondar bajo sus ventanas y exponerla al ridículo.

Así que salí de la ciudad de H... con el corazón destrozado, lleno de pena, y con la imagen de Antonia fija en la mente, rodeada de una especie de aureola. Incluso su canto —sin haber tenido nunca la dicha de oírlo— resonaba dentro de mí como un consuelo.

IV

Hacía ya unos dos años que me había establecido en B... cuando emprendí un viaje por el sur de Alemania. Una tarde, al caer el sol, vi recortarse en el crepúsculo purpúreo las torres de la ciudad de H...; y a medida que me acercaba, me invadía una ansiedad dolorosa. Sentí un peso en el pecho, como si me faltara el aire, y tuve que bajar del coche para respirar.

Pronto, sin embargo, aquel abatimiento se transformó en dolor físico: me pareció que el aire traía los acentos de un canto solemne. Los sonidos se hicieron cada vez más claros y no tardé en comprender que era un himno sagrado.

—¿Qué será? —exclamé, angustiado.

—¿No lo ve usted? —me dijo el postillón—. En el cementerio de ahí abajo están enterrando a alguien.

En efecto: el cementerio se veía a lo lejos. Distinguí a varios hombres vestidos de luto formando un círculo alrededor de una fosa. Se me llenaron los ojos de lágrimas y sentí, absurdamente, que allí estaban enterrando todas las alegrías de mi vida.

Bajé la colina, perdí de vista el cementerio y cesaron los cantos. Cerca de las puertas de la ciudad encontré a una comitiva que regresaba del entierro. El profesor, con su sobrina al lado, pasó junto a mí sin verme; ella se secaba los ojos con un pañuelo y sollozaba amargamente.

Desde entonces no pude decidirme a entrar en la ciudad. Mandé al criado con el coche a la posada y me puse a recorrer aquellos lugares que me eran tan conocidos, buscando calmar la emoción que quizá se debía al cansancio del viaje o a cualquier otra causa. Al llegar a una avenida que conducía a unos jardines públicos, presencié un espectáculo extraño.

El consejero Crespel, llevado por dos hombres de luto, trataba de zafarse dando saltos bruscos. Llevaba su habitual traje pardo, de corte peculiar, y un sombrero de tres picos ladeado con aire marcial sobre la oreja izquierda. Del sombrero colgaba una enorme gasa que flotaba al viento, y del cinturón negro —en lugar de espada— pendía un arco de violín.

Un escalofrío me recorrió al verlo.

—¡Se habrá vuelto loco! —me dije, siguiéndolo a cierta distancia.

Sus acompañantes lo dejaron en su casa; él los despidió abrazándolos y riendo a carcajadas. Cuando quedó libre, me miró fijamente y, tras observarme un momento, dijo con voz apagada:

—Bienvenido, señor estudiante. Comprenderá usted que…

No terminó la frase. Me tomó del brazo y me condujo a la habitación donde colgaban sus violines. Todos estaban cubiertos con crespón negro, y el violín de Cremona, en vez de su corona de flores, llevaba una guirnalda fúnebre de ciprés.

Entonces lo comprendí todo.

—¡Antonia! ¡Antonia! —grité, desesperado.

El consejero permaneció inmóvil a mi lado, con los brazos cruzados. Cuando señalé con el dedo la corona fúnebre, me dijo con solemnidad:

—Cuando murió la pobre, se quebró el arco y el alma de ese violín saltó hecha trizas. El instrumento solo podía vivir con ella. Por eso está enterrado en su misma tumba.

Profundamente conmovido, caí en un sillón, y el consejero entonó con voz ronca una canción alegre. Era doloroso verlo, al mismo tiempo, saltar a pies juntillas mientras la gasa de su sombrero rozaba, siguiendo sus movimientos, todos los violines colgados en la pared.

Se me escapó un grito de espanto cuando, en un giro rápido, el consejero hizo que el crespón me cayera sobre el rostro: me pareció que iba a envolverme en los velos fúnebres de la locura. Crespel se detuvo en seco y, plantándose frente a mí, exclamó:

—¡Muchacho, muchacho! ¿Por qué gritas así? ¿Se te ha aparecido acaso el ángel de la muerte, que siempre preside estas ceremonias?

Luego avanzó hasta el centro del cuarto, tomó el arco de violín que llevaba colgado del cinturón, lo alzó con ambas manos por encima de la cabeza y lo partió con tal fuerza que saltó en astillas. Soltó una carcajada y exclamó:

—Ahora que se ha roto la varita mágica, ¿no es cierto que soy libre, completamente libre?… ¡Sí! ¡Viva la libertad! ¡No más violines! ¡Se acabaron los violines!

Y, con un tono aún más terrible, volvió a cantar una melodía risueña, corriendo y saltando otra vez a pies juntillas. Aquella escena me llenó de miedo e intenté huir; pero, agarrándome del brazo, dijo con toda tranquilidad:

—No se mueva, por Dios, señor estudiante, y no tome por locura la explosión del dolor que me mata. Todo esto me sucede porque, últimamente, mandé hacer una bata con la que quería parecerme al destino, al mismo Dios.

Siguió diciendo disparates de toda clase, hasta que por fin cayó rendido, inconsciente. Llamé a la vieja criada y, al salir de aquella casa, sentí como si por fin pudiera respirar.

No me cabía duda de que Crespel se había vuelto loco. Sin embargo, el profesor sostenía lo contrario. Decía:

—Hay hombres a quienes la naturaleza, o alguna circunstancia particular, les arranca el velo bajo el cual nosotros hacemos locuras sin que se noten. Se parecen a esos insectos de piel transparente en los que se ve el trabajo de los músculos. En nosotros, muchas cosas quedan en el fondo del pensamiento; en Crespel, se vuelven acción. Con esas contorsiones y ese baile extravagante, solo expresa la amarga ironía con que contempla una suerte que tantas veces se burló de él. Pero justamente ahí está su salvación: sabe devolver a la tierra lo que es de la tierra, y guardar intacto lo que reconoce como principio divino. Por eso no dudes de que, aun en medio de sus estruendosas extravagancias, conserva su verdadero centro. Aunque la muerte repentina de Antonia lo ha derrumbado, apuesto a que mañana mismo habrá recuperado sus hábitos de siempre.

Y, en efecto, la predicción del profesor se cumplió al pie de la letra. Al día siguiente, el consejero reapareció como si nada hubiera pasado. Solo declaró que no haría más violines ni volvería a tocar nunca ese instrumento.

Más tarde supe que había cumplido su palabra.

V

Las reflexiones del profesor avivaron aún más mis sospechas sobre las relaciones de Antonia con el consejero. Llegué incluso a imaginar que la muerte de la joven pesaba terriblemente sobre la conciencia de Crespel.

Así que resolví no marcharme de H... sin antes echarle en cara el crimen del que lo creía culpable, sacudirlo hasta el fondo del alma y arrancarle una confesión clara. Cuanto más pensaba, más evidente me parecía que Crespel era un malvado; y la imprecación que preparaba, a cada instante, se volvía más vehemente, hasta convertirse —según yo— en una pieza maestra de oratoria.

Con el ánimo encendido por esas ideas, volé a casa del consejero. Lo encontré torneando unos juguetes, con el semblante tranquilo y una sonrisa en los labios.

—¿Cómo puede usted disfrutar un momento de reposo —le solté de inmediato— si el remordimiento de una acción monstruosa debería mortificarlo sin descanso?

Me miró sorprendido y dejó a un lado lo que tenía entre las manos.

—¿Qué quiere decir con eso, amigo mío? —preguntó—. Haga el favor de sentarse.

Encendiéndome a cada frase, lo acusé de haber causado la muerte de Antonia y lo amenacé con la venganza del cielo. Orgulloso de mi reciente condición de jurista, le aseguré que no descansaría hasta descubrir las pruebas de su crimen y entregarlo a los tribunales. No puedo explicar, sin embargo, lo desconcertado que quedé cuando, al terminar mi arenga, vi que el consejero me observaba con la mayor tranquilidad, como si aguardara que siguiera hablando. Intenté hacerlo, pero lo que dije fue tan incoherente y hasta ridículo que no tuve valor para continuar. Crespel parecía deleitarse en mi turbación: una sonrisa maliciosa le flotaba en los labios.

Por fin, recobrando la gravedad, me dijo con voz imponente:

—Joven: aunque me tomes por loco e insensato, te perdono, porque ambos vivimos en el mismo manicomio. Ya sé que tu furia nace de que yo me creo Dios Padre, mientras tú te ves como Dios Hijo. Pero ¿con qué derecho pretendes entrar en los pliegues ocultos de una vida que no te pertenece? En fin… Antonia ya no existe, y el secreto ha dejado de tener sentido…

Al decir esto se levantó, recorrió el cuarto en silencio, me lanzó una mirada prolongada y, tomándome de la mano, me llevó hasta una ventana, que abrió de par en par. Apoyado en el alféizar, con los ojos perdidos en el jardín, me contó su historia. Me impresionó de tal modo que, al despedirme, me fui admirado y confuso.

En pocas palabras, esto fue lo relativo a Antonia:

Hacía unos veinte años, poco más o menos, el deseo de adquirir buenos violines de antiguos maestros llevó al consejero a Italia. Por entonces, ni soñaba con construir violines, y mucho menos con desmontarlos. Estando en Venecia, tuvo ocasión de oír a la célebre cantatriz Ángela, que cantaba entonces los primeros papeles en el teatro de San Benedetto. No solo por su talento, sino por la extraordinaria belleza de la signora, el consejero sintió por ella un entusiasmo sin límites.

Buscó el mejor modo de tratarla y, pese a la rudeza de sus modales, su excelente dominio del violín le abrió pronto las puertas. La joven actriz lo distinguió con atención hasta el punto de casarse con él a las pocas semanas, con una condición expresa: que el matrimonio permaneciera en secreto. Ángela no quería retirarse de la escena ni abandonar un nombre ya célebre para tomar el prosaico apellido de su esposo.

Crespel me describió con una ironía mordaz todas las torturas que la signora Ángela le hizo sufrir ya como marido.

—Imagínate —me dijo— todos los caprichos e impertinencias de todas las primeras figuras, reunidos en el cuerpecillo de Ángela.

Si alguna vez, cansado de tanta humillación, intentaba imponerse, Ángela le enviaba de inmediato una legión de abates, maestros y académicos que, ignorando sus derechos conyugales, lo trataban como a un amante impertinente y molesto.

Ocurrió una vez que, tras una disputa tempestuosa y para librarse de todo aquello, Crespel se refugió en la casa de campo de Ángela. Quería olvidar los sinsabores del día tocando en su violín de Cremona. A los pocos momentos llegó también la signora; aquella vez quiso mostrarse tierna. Después de abrazarlo y mirarlo con languidez, apoyó la cabeza en sus hombros. Pero él, sin salir del torbellino de acordes que le arrancaba al instrumento, dio sin querer un golpe con el arco en la cabeza de la signora.

Ella se irguió furiosa y, gritando «¡Bestia tedesca!», le arrebató el violín y lo hizo trizas contra el mármol de una mesa cercana. En el primer instante Crespel quedó petrificado; luego, como si despertara de un sueño, la agarró entre sus brazos y la arrojó por la ventana. Sin pensar en las consecuencias de su arrebato, salió de allí y tomó camino hacia Alemania.

Durante un tiempo ni siquiera se atrevió a enfrentarse a lo ocurrido. Aunque recordaba que la ventana apenas tenía unos cinco pies de altura y que actuó como empujado por un impulso irresistible, lo perseguía una inquietud cruel, agravada por un recuerdo: pocos días antes, la signora le había hecho concebir la esperanza de ser padre.

La sola idea de pedir noticias lo hacía temblar. Por eso, a los ocho meses de aquel incidente, lo sorprendió una carta muy tierna de su "cara mitad": sin mencionar lo ocurrido, le anunciaba que había dado a luz a una hermosa niña y le suplicaba, con toda urgencia, que viajara a Venecia.

Antes de responder, Crespel escribió a algunos amigos para saber qué había pasado desde su partida. Supo entonces que la signora, al salir por la ventana, había caído sobre el césped sin sufrir daño; más aún: aquella escena la había curado de sus caprichos. Desde ese día no se le notó ninguna de aquellas rarezas que antes eran el centro de su carácter. Tanto, que el maestro encargado de la temporada de Carnaval se consideraba el hombre más afortunado: la signora cantaba su parte sin exigir las mil variaciones de antaño.

Conmovido por aquel cambio, Crespel ordenó que engancharan un carruaje; pero, al ir a subir, se detuvo de pronto.

—¡Alto! —exclamó—. No vaya a ser que mi sola presencia la haga recaer y tenga que volver a arrojarla por la ventana.

Volvió a entrar, le escribió una carta llena de ternura y le confesó su alegría al saber que la niña recién nacida tenía, como él, un lunar detrás de la oreja. Le juró amor, pero alegó que sus ocupaciones lo retenían en Alemania.

La correspondencia continuó con el mismo tono: protestas de amor, súplicas, deseos y lamentos volaban de Venecia a H… y de H… a Venecia, hasta que por fin Ángela fue contratada en Alemania como primera figura. En el teatro de F… obtuvo un éxito entusiasta: aunque ya no era joven, su canto conservaba un atractivo irresistible y su voz aún guardaba la frescura de los primeros años. Mientras tanto, Antonia iba creciendo, y su madre no se cansaba de escribir que la niña prometía llegar a ser una gran cantatriz.

Un día, los amigos de Crespel en F…, que ignoraban por completo su matrimonio, le escribieron que dos cantantes famosas eran la admiración del teatro, y le insistieron para que fuera a oírlas. Pero, aunque el consejero ardía por ver a su hija, el solo pensamiento de su esposa lo cubría de tristeza. No se movió de casa y no se separó un instante de sus violines desmontados.

Un joven compositor, muy celebrado, se enamoró perdidamente de Antonia, y ella correspondió a su cariño. Ángela no tenía motivo para oponerse, y el consejero aprobó el enlace, pues las obras del joven —a pesar de su severo criterio— le agradaban.

Día tras día esperaba la noticia de la boda; pero, en lugar de ese anuncio, recibió una carta de luto, escrita con mano desconocida en el sobre. Era del doctor R…, quien le comunicaba que Ángela, al salir del teatro, había contraído una pulmonía y había muerto; precisamente la víspera del matrimonio de Antonia. El doctor añadía que Ángela le había confiado estar casada con el consejero y le había recomendado, como último deseo, la suerte de su hija.

AFORTUNADO EN EL JUEGO

I

Las aguas de Pirmont estuvieron muy concurridas durante el verano de 18…, y la llegada de ricos y nobles forasteros aumentaba día a día. Aquello despertaba el afán de lucro de especuladores de toda clase, y los banqueros del faraón se apresuraron a cubrir el tapete verde con montones de ducados, como cazadores expertos que tienden el cebo para atraer incautos.

Es sabido que, en la temporada de baños y en esas reuniones donde nadie conserva sus hábitos, el ocio arrastra a todos, y el atractivo del juego se vuelve irresistible. No era raro ver a personas que jamás habían tenido una baraja en las manos sentadas junto a la mesa, aparentando una sangre fría de jugadores veteranos. Además, el buen tono —sobre todo entre las clases más distinguidas— exigía visitar la sala de juego y dejar allí, poco o mucho, algo de dinero.

Un joven barón alemán, a quien llamaremos Sigifredo, parecía ser el único capaz de resistirse a la baraja. Se rebelaba contra esas "obligaciones" sociales: cuando todos se arremolinaban alrededor de las mesas, él renunciaba sin pena a las conversaciones triviales y se retiraba a su cuarto para leer o escribir, o salía al campo a hacer excursiones en solitario.

Sigifredo era joven, rico e independiente. De modales nobles y temperamento alegre, era imposible que no despertara afectos, y su encanto sobre las damas era evidente. Además, una estrella favorable parecía guiarlo en todo. Se contaban al menos veinte aventuras amorosas, peligrosas en apariencia, que para él tuvieron desenlaces tan fáciles como afortunados. Se repetía, sobre todo, la historia de un reloj que mostraba hasta qué punto podía llegar la suerte de un hombre.

Cuando Sigifredo era todavía menor de edad, emprendió un viaje y un día se vio tan falto de dinero que, para salir del apuro, tuvo que vender un reloj de oro adornado con brillantes. Ya se resignaba a entregarlo por una miseria cuando, en la misma posada donde se alojaba, llegó un joven príncipe que justamente buscaba una pieza como aquella y se lo compró por un precio mucho mayor del que le había costado. Un año después, Sigifredo tomó posesión de sus bienes y leyó en un periódico que se rifaba un reloj valioso. Compró un billete por casi nada y le tocó en suerte: era, precisamente, el mismo reloj que había vendido. Poco después lo cambió por un anillo de diamantes; entró al servicio del duque de Hesse, y este, queriendo darle una prueba de aprecio, le regaló el mismo reloj, con una magnífica cadena además.

Esa historia hizo aún más llamativa su resistencia al juego. Muchos se extrañaban de que se negara a poner a prueba una suerte tan constante. Algunos llegaron a pensar que, pese a sus cualidades, era demasiado temeroso o excesivamente avaro como para arriesgarse a perder; sin advertir que su conducta desmentía por completo la avaricia. Pero, como suele pasar, la mayoría se dio por satisfecha con una explicación desfavorable para un hecho tan inusual.

Pronto Sigifredo supo que era blanco de esa maledicencia. Y como nada le molestaba más que parecer tacaño, decidió —aunque el juego le inspiraba un rechazo profundo— destinar algunos centenares de luises a desmentir a los calumniadores. Entró, pues, en el salón dispuesto a perder la suma que llevaba encima. Sin embargo, la fortuna no lo abandonó.

Para él, elegir una carta y ganar oro parecía lo mismo. Los cálculos más finos de los jugadores veteranos se estrellaban contra su buena estrella: ya apostara siempre a lo mismo o cambiara de jugada, ganaba de todas formas. El espectáculo era insólito: un jugador desesperado con la suerte, precisamente porque la suerte lo favorecía. Los presentes se miraban desconcertados, como si dudaran de la cordura de un hombre que se quejaba de su propia fortuna.

Al ver que había ganado cantidades importantes, se sintió obligado a continuar, con la esperanza de perder. Pero no lo consiguió: su destino pudo más que su voluntad. Y sin darse cuenta, empezó a interesarse por el faraón, que, en su aparente sencillez, ofrece combinaciones tentadoras. Ya no se irritaba contra la suerte. El juego absorbía toda su atención y pasaba noches enteras junto al tapete. Ya no era la codicia ni la ganancia, sino el juego mismo —solo el juego— lo que le ofrecía esa magia de la que había oído hablar sin haber logrado entenderla.

Una noche, cuando el banquero terminaba una talla, Sigifredo alzó la vista y vio a un viejo que lo contemplaba fijamente, con un aire serio y triste a la vez. Desde entonces, cada vez que apartaba los ojos de las cartas, se encontraba con la mirada sombría del desconocido. Aquello acabó por causarle una impresión molesta y opresiva. Al día siguiente volvió a verlo, con la misma mirada siniestra; al tercero, ya no pudo contenerse:

—Caballero, me veo obligado a pedirle que elija otro lugar; aquí me está molestando.

El desconocido lo saludó con una sonrisa melancólica y se retiró sin decir palabra.

A la noche siguiente se instaló de nuevo frente a Sigifredo, con la misma postura y la misma mirada. El barón se levantó furioso:

—Caballero, si le divierte mirarme sin cesar, elija otro sitio y otra ocasión. En este momento le ruego que…

El gesto con la mano, señalándole la puerta, dijo más que las palabras que Sigifredo se contuvo de pronunciar. Como la noche anterior, el desconocido sonrió con tristeza, saludó y se retiró.

Alterado por el juego y el vino, y obsesionado con aquella escena, Sigifredo no logró dormir. Ya amanecía y la imagen del hombre se le aparecía como un espectro: vigorosa, sombría, cargada de tristeza. Veía sus ojos hundidos y velados; y, pese a su ropa modesta, adivinaba en él a alguien de rango.

Entonces recordó la resignación dolorosa con que el viejo había abandonado la sala.

—Me he portado muy mal con él —se dijo—. He sido cruel e injusto. ¿Desde cuándo me comporto como un estudiante grosero, ofendiendo sin motivo a alguien que ni siquiera conozco?

Pensó que quizá el hombre lo miraba así por el contraste penoso: él, pobre y tal vez acosado por necesidades; y frente a él, un joven que acumulaba oro. Conmovido, decidió buscarlo al día siguiente para ofrecerle una reparación. Y quiso la casualidad que, al salir de casa, se cruzó con el desconocido.

Sigifredo se acercó, se disculpó por la dureza de la noche anterior y le pidió perdón. El otro respondió que nada tenía que perdonarle: sabía que a un jugador alterado hay que disculparle muchas cosas; y, además, admitía que su obstinación en ocupar un sitio incómodo había provocado el incidente.

El barón insistió, diciendo que a veces existen dificultades momentáneas que afectan a cualquiera, y le dio a entender que estaba dispuesto a poner a su disposición parte de lo que había ganado —o más, si hacía falta— para ayudarlo.

—Caballero —respondió el desconocido—, tal vez me ha creído necesitado, y no lo estoy. No soy rico, es cierto, pero tengo lo suficiente para vivir modestamente. Y comprenderá que, si después de haberme ofendido intentara reparar la ofensa con una limosna, yo, como hombre de honor, no podría aceptarlo.

—Creo entenderlo —repuso Sigifredo—. Dígame qué satisfacción exige y la tendrá, sea la que sea.

—¡Dios mío! —exclamó el desconocido—. Un duelo entre nosotros sería profundamente desigual. Estoy seguro de que usted y yo pensamos que esos combates suelen ser una imprudencia juvenil, y que unas gotas de sangre por un rasguño no limpian nada. Sin embargo, hay casos en que dos hombres no pueden convivir en el mundo: la distancia no sirve de nada cuando la imaginación se obsesiona con un ser aborrecido. Entonces el desafío decide quién debe apartarse. Pero entre nosotros sería injusto: mi vida vale menos que la suya. Si yo lo matara, destruiría un mundo de esperanzas; si muriera yo, usted solo pondría fin a una existencia miserable, perseguida por recuerdos terribles. Dejemos eso. Lo esencial es que no me considere ofendido: usted me pidió que me marchara… y me marché. Nada más.

El tono del extranjero dejaba ver un resentimiento contenido. El barón volvió a disculparse y confesó que, sin saber por qué, aquella mirada lo perturbaba hasta el punto de no poder sostenerla.

—Ojalá —dijo el desconocido— que mi mirada, si tanto efecto causa en su ánimo, logre apartarlo del peligro que lo amenaza. Ha llegado alegre y confiado al borde de un abismo. Un golpe mínimo puede precipitarlo sin remedio. He observado que va camino de convertirse en un jugador sin freno.

Sigifredo aseguró que se equivocaba. Le explicó por qué se había puesto a jugar y que solo quería perder unos centenares de luises para olvidarse de las cartas; pero que, hasta entonces, la suerte lo había favorecido contra su voluntad.

—¡Ah! —exclamó el desconocido—. Esa buena estrella es el cebo más tentador y engañoso con que el infierno nos atrapa. Su suerte, los motivos que lo llevaron al tapete y su conducta en la partida revelan el interés creciente que le inspira el juego. Y todo eso me recuerda, con una claridad terrible, el destino espantoso de un desdichado que se le parecía mucho y que empezó igual. Por eso lo miraba, sin poder evitarlo; por eso apenas podía contenerme de explicarle el sentido de mis miradas. Cuántas veces estuve a punto de decirle: "Alerta, joven: el mal ya extiende sus garras sobre usted, ansioso de arrastrarlo al precipicio". Deseaba conocerlo, y ahora que lo he logrado, escuche la historia de aquel infeliz. Quizá entonces comprenda que mi afán por advertirle no es una fantasía.

El extranjero se sentó junto al barón en un banco apartado, y comenzó su relato.

II

—Las mismas cualidades que brillan en usted —dijo el extranjero— le valieron al caballero de Ménars la admiración de los hombres y la simpatía de las damas. Solo que, en su caso, la fortuna no lo favoreció tanto como a usted: era casi pobre, y se veía obligado a vivir con extrema austeridad para poder presentarse en sociedad con decoro, como su familia exigía. Como cualquier pérdida, por pequeña que fuera, podía arruinar su frágil equilibrio económico, es inútil decir que se abstenía de jugar. Y no le costaba ningún sacrificio, porque jamás sintió la menor inclinación hacia el juego. Por lo demás, su buena suerte en todo lo demás era tan constante que se había vuelto proverbial entre amigos y conocidos.

Una noche —algo inusual en él— se dejó llevar a una casa de juego y pronto vio a sus amigos entregados a los azares de la baraja. Él, ocupado en pensamientos muy distintos, paseaba a lo largo de la sala y solo de vez en cuando se detenía un instante junto a la mesa, donde brillaban montones de oro que el banquero recogía sin pausa.

Un viejo coronel reparó en él y exclamó en voz alta:

—¡Por todos los diablos! Aquí anda el caballero de Ménars con toda su buena estrella. Si no ganamos, juraría que es porque no ha tomado partido ni por la banca ni por los jugadores. Pero esto se acabó: ahora mismo va a apostar por mí. ¡Vamos, a la mesa!

El caballero se excusó, alegando su torpeza y su completa ignorancia del juego, pero el coronel insistió y lo llevó hasta la mesa. Le ocurrió exactamente lo que a usted: no había carta que le fallara. En poco tiempo había ganado una suma considerable para el coronel, que no dejaba de felicitarse por la idea de aprovechar la suerte infalible del caballero.

Aquella fortuna, que asombraba a todos, no le produjo a Ménars ninguna alegría; al contrario, aumentó su repugnancia. Al día siguiente, agotado por el cansancio físico y moral de una noche en vela, se prometió no entrar jamás en un garito, fuera cual fuera el motivo. Y su resolución se reforzó aún más por la conducta del coronel, que desde entonces no tocaba una carta sin perder, y no perdía sin culpar de su desgracia a la "neutralidad" del caballero.

Sin embargo, el coronel fue a buscarlo varias veces. Le suplicaba que jugara por él o, al menos, que permaneciera a su lado para alejar con su influencia al "mal espíritu" que, según decía, se complacía en arruinar sus mejores combinaciones. Ya se sabe: en ninguna parte prosperan supersticiones tan absurdas como entre los jugadores. El caballero solo pudo librarse de aquella insistencia declarando, de una vez por todas, que prefería batirse en duelo con él antes que volver a un garito.

La historia, adornada con un sinfín de detalles enigmáticos, corrió de boca en boca y empezó a pintarlo como a un hombre con relaciones secretas con fuerzas sobrenaturales. Pero como, pese a su suerte, seguía sin tocar una baraja, todos acabaron elogiando la firmeza de su carácter y su prestigio creció aún más.

No había pasado un año cuando se encontró en serios apuros por la suspensión inesperada de la modesta renta de la que dependía. Se vio obligado a recurrir a uno de sus mejores amigos, quien, al prestarle dinero, lo llamó el hombre más extraño que había conocido.

—El destino —le dijo— siempre nos indica el camino más directo hacia la felicidad, y a veces es la pereza la que nos impide ver sus señales. Ahora bien: ¿no te ha dicho alguna vez ese poder que nos rige: "¿Quieres oro y riqueza? Entonces ve y juega; de otro modo serás siempre pobre, débil y dependiente"?

Solo entonces el recuerdo de aquella noche en el faraón volvió con fuerza a su mente. Dormido o despierto, no veía más que cartas; no oía más que la voz monótona del banquero: "¡Ganado!... ¡Perdido!...", acompañada por el tintineo seductor de las monedas.

—Es verdad —se dijo—: una sola noche como aquella me saca de la miseria y ya no tendré que molestar a mis amigos. Mi deber es no desoír la voz del destino.

El mismo amigo que lo empujó a jugar lo acompañó a una casa "adecuada" y le dio veinte luises de oro para probar fortuna. Si antes había sido afortunado apostando por el coronel, esta vez lo fue el doble: tomaba las cartas casi a ciegas, sin pensar siquiera, como si una mano invisible —la mano de la suerte— jugara por él. Cuando se levantó de la mesa, había ganado veinte mil luises.

Al día siguiente despertó aturdido. La suma ganada seguía sobre la mesa y, como quien sueña, se restregó los ojos, alargó la mano y se la atrajo. Al recordar lo ocurrido, al contar y recontar el dinero con un placer que nunca había sentido, un veneno oscuro se le metió en el alma y de un golpe destruyó la pureza de sentimientos que había conservado intacta durante tanto tiempo.

Impaciente, apenas podía esperar la noche para sentarse otra vez ante el tapete verde. Y como su suerte no disminuía, en pocas semanas ganó sumas enormes.

Los jugadores se dividen en dos clases. Para unos, el juego tiene un placer propio: a cada instante cambian las combinaciones; parece que un poder superior flota sobre nuestras cabezas, llenándonos de emociones misteriosas. Uno cree estar a punto de penetrar en la sombra de ese poder para observar sus obras y espiar sus secretos. Yo conocí a un hombre que, encerrado en su cuarto, pasaba el día y la noche jugando contra sí mismo: al menos, en su caso, se entendía.

Los otros solo miran la ganancia y ven el juego como un medio de enriquecerse rápido. El caballero era de esos; y así se confirma que la pasión por el juego es, hasta cierto punto, una inclinación que depende del temperamento de cada uno.

Muy pronto le pareció estrecho el papel del simple apostador. Con el dinero acumulado montó su propia banca, que en poco tiempo se volvió la más rica de París y el centro de reunión de la mayoría de los jugadores.

La vida desordenada del jugador corrompió pronto las cualidades físicas e intelectuales que antes le habían ganado respeto. Ya no era el amigo leal ni el caballero atento y jovial, ni el amante generoso de las damas. El amor por las artes y las ciencias se apagó, y desapareció su antigua voluntad de aprender. En su rostro seco y pálido, en el ardor sombrío de sus ojos hundidos, se leía la pasión que lo dominaba: no era amor al juego, sino una codicia sórdida, como si el mismo demonio la hubiera encendido en su corazón. En resumen: se había convertido en el banquero más completo que pudiera imaginarse.

III

Una noche —sin sufrir pérdidas graves— notó que la suerte lo favorecía menos que de costumbre. En eso, un viejecillo seco, mal vestido y de aspecto desagradable se acercó a la mesa, eligió una carta con mano temblorosa y puso sobre ella una moneda de oro. Varios jugadores lo miraron con sorpresa y pronto con desprecio, sin que el viejo mostrara la menor reacción.

Perdió varias apuestas seguidas, una tras otra. Cuanto peor le iba, más se divertían los demás. Hasta que, doblando siempre y perdiendo sobre la misma carta quinientos luises, uno de los presentes soltó una carcajada:

—¡Bravo, bravísimo, señor Vertua! No se desanime: si dobla siempre, acabará por reventar la banca, y entonces sí que no podrá con las ganancias.

El viejo clavó en el burlón una mirada venenosa, salió de la sala y, media hora después, reapareció con los bolsillos llenos de oro. Aun así, debió presenciar las últimas manos sin poder apostar: lo había perdido todo.

El caballero —que, incluso en su vida ya torcida, conservaba un resto de delicadeza— se indignó por el desprecio con que habían tratado al anciano y, al cerrar la banca, reprochó a algunos jugadores que todavía no se retiraban.

—Vaya —dijo uno—, se nota que no conoce al viejo Francesco Vertua. De lo contrario, en vez de quejarse, nos felicitaría. Ese Vertua, napolitano, instalado en París desde hace unos quince años, es el avaro más repugnante y el usurero más despiadado que existe. No siente nada: vería a su propio hermano retorcerse a sus pies en agonía sin soltar un solo escudo para salvarlo. La maldición de muchos hombres y de numerosas familias arruinadas por sus negocios diabólicos pesa sobre su cabeza. No hay quien lo conozca que no lo aborrezca, ni quien no desee que el cielo castigue todo el mal que ha hecho. Como nunca ha jugado —al menos desde que está en París—, imagínese nuestra sorpresa al verlo aquí. Y si nos alegró que perdiera fue porque sería triste que ganara un miserable como él. Lo cierto es que la riqueza de su banca lo deslumbró y vino a desplumarlo; le salió al revés. Y, francamente, todavía no entiendo cómo ese zorro avaro se decidió a arriesgar tanto dinero. Consolémonos: no volverá y nos libraremos de su presencia.

Ese supuesto estuvo muy lejos de cumplirse. A la noche siguiente Vertua se sentó frente al banquero y perdió todavía más que la víspera. Sin embargo, se mantenía sereno; solo de vez en cuando sonreía amargamente, como si esperara un cambio cercano. Pero sus pérdidas siguieron creciendo noche tras noche, hasta que se calculó que había dejado en la banca treinta mil luises.

Pasados algunos días, volvió una noche con el rostro pálido y desencajado. Se sentó a cierta distancia, clavó los ojos en las cartas que iba sacando el caballero y, cuando iba a empezar una nueva talla, gritó con una voz aguda que sobresaltó a todos:

—¡Alto!

Abriéndose paso entre los jugadores, se inclinó al oído del banquero y dijo en voz baja:

—Mi casa de la calle de San Honorato, con todos sus muebles, y mis joyas, están valuadas en ochenta mil francos. ¿Acepta la apuesta?

—No tengo inconveniente —respondió el caballero con frialdad, sin volver siquiera la cabeza, mientras empezaba a barajar.

—¡A la sota! —dijo Vertua.

Y en la primera mano la sota perdió. El anciano dio un salto hacia atrás; sintiéndose desfallecer, se apoyó contra la pared y quedó un rato inmóvil, como una estatua, sin que nadie se ocupara de él.

Concluyó la sesión, se retiraron los jugadores y el caballero, con uno de sus ayudantes, recogía el dinero de aquella noche en una caja. Entonces el viejo Vertua, lívido como un espectro, se le acercó y le dijo con voz hueca y ahogada:

—Una palabra más, caballero… ¡una sola palabra!

—Bien, ¿qué sucede? —respondió el caballero, sacando la llave de la cerradura y mirándolo de arriba abajo de un solo vistazo.

—Acabo de perder —dijo Vertua— toda mi fortuna en su banca. No me queda nada, absolutamente nada. Ni siquiera sé dónde dormiré mañana, ni qué comeré. A usted recurro, caballero: préste(me) la décima parte de lo que me ha ganado, para poder levantar de nuevo mis negocios y librarme de la miseria que me amenaza.

—¿En qué está pensando, señor Vertua? —replicó el caballero—. ¿No sabe que un banquero nunca debe prestar nada de sus ganancias? Eso va contra todas las reglas, y no seré yo quien las rompa.

—Tiene razón, caballero —continuó Vertua—. Mi petición fue exagerada, absurda. La décima parte es demasiado… ¡présteme entonces la vigésima!

—Repito —dijo el caballero, ya irritado—, que no presto absolutamente nada de lo que gano.

—Es cierto —murmuró Vertua, palideciendo a cada instante, con la mirada cada vez más sombría—. Reconozco que no puede prestarme nada, y que, en su lugar, yo haría lo mismo. Pero a un mendigo no se le niega una limosna… quite al menos cien luises de lo que hoy la fortuna le ha puesto en las manos…

—¡Por Dios, señor Vertua! —exclamó el caballero, furioso—. ¡Parece que hoy se ha propuesto fastidiar a todo el mundo! Ya le he dicho que es inútil insistir. No obtendrá de mí ni cien luises, ni cincuenta, ni veinticinco… ¡ni uno solo! Tendría que haber perdido el juicio para darle dinero con el que retome su oficio infame. La suerte lo ha arrastrado por el polvo como a un reptil venenoso, y ayudarlo a levantarse sería un crimen. Así que déjeme en paz y resígnese a vivir en la miseria, que bien se la ha ganado.

El viejo Vertua se cubrió el rostro con las manos y soltó un gemido profundo. El caballero, después de ordenar a sus criados que llevaran la caja al coche, añadió con voz dura:

—Y ahora dígame, señor Vertua: ¿cuándo me entrega la casa y los muebles?

—Ahora mismo. Venga conmigo —dijo el anciano, con una calma repentina, levantándose de un salto.

—Muy bien. Iremos juntos en el coche hasta su casa, y mañana por la mañana la dejará sin falta.

Durante el trayecto ninguno de los dos dijo una palabra. Al llegar, Vertua tiró de la campanilla. Abrió una anciana, que al verlo exclamó:

—¡Santo cielo! Por fin ha vuelto… Ángela estaba mortalmente inquieta…

—Silencio, silencio —cortó Vertua—. ¡Ojalá Ángela no haya oído esta maldita campanilla! Tiene que ignorar que he llegado.

Dicho esto, tomó de manos de la vieja, aterrada, el farol encendido, alumbró el paso al caballero y dijo:

—Aquí me tiene, resignado a todo. Ya sé que me desprecia, que mi ruina le alegra, como le alegrará a muchos otros. Pero ni usted ni ellos me conocen. Sepa que en otro tiempo fui un jugador como usted. Recorría Europa y me detenía donde hubiera un juego abundante y la promesa de una gran ganancia. El oro venía a mí entonces como hoy viene a usted.

Tenía una esposa bella y honrada, a la que trataba con indiferencia, mientras vivía miserablemente rodeado de riqueza. Un día, en Génova, un joven romano perdió contra mí una fortuna. Como yo acabo de hacer con usted, me pidió dinero para regresar a Roma. Recibí su súplica con una sonrisa despreciativa. Él, fuera de sí, me hundió una puñalada en el pecho. Los médicos lograron salvarme a duras penas, y mi convalecencia fue larga y dolorosa.

Mi esposa me cuidó con una ternura incansable. Me consoló, me sostuvo, y a medida que recuperaba fuerzas, nació en mí un sentimiento cada vez más profundo, desconocido hasta entonces: porque el jugador es ajeno a todo afecto humano. Solo entonces supe lo que significan el amor, la fidelidad y la entrega de una mujer que ama.

Entonces comprendí mi ingratitud y el vicio repugnante al que la había sacrificado. Se me aparecieron, como fantasmas vengadores, todos aquellos cuya felicidad destruí, cuya fortuna arruiné con una indiferencia cruel. Oía voces furiosas, como si brotaran de las tumbas, reprochándome mis faltas y los innumerables crímenes de los que fui causa. Solo mi pobre esposa lograba calmarme, ahuyentando la angustia mortal que me aplastaba.

Hice voto de no volver a tocar una carta en mi vida. Rompí las cadenas que me esclavizaban. Resistí a los ruegos de mis antiguos socios, que confiaban en mi suerte para sostener la suya, y alquilé una casa de campo cerca de Roma. Allí, en ese retiro dulce, viví una calma y un bienestar que jamás había conocido.

¡Ay!, esa felicidad duró apenas un año. Mi esposa me dio una hija y murió pocas semanas después. Desesperado, acusé al cielo. Me maldije a mí mismo y a la vida infame que había llevado, de la que —creí— la Providencia se vengaba arrebatándome al único ser en quien hallaba consuelo y esperanza. Y, como un criminal que teme la soledad, abandoné mi retiro y me establecí en París.

Ángela, dulce imagen de su madre, crecía día a día. Ella era todo mi corazón. Y por ella únicamente quería aumentar mi fortuna. Es cierto que presté dinero con altos intereses; pero mienten quienes me acusan de usura fraudulenta. ¿Sabe quiénes son los que alimentan esa fama? Jóvenes pródigos y derrochadores que no dejan de acosarme hasta conseguir dinero… dinero que luego disipan como humo, y después se enfurecen cuando exijo el reembolso.

Pero ese dinero no es mío: es de mi hija. Yo soy solo el administrador de su futuro.

Hace poco salvé a un joven de la deshonra, adelantándole una suma importante, y no se la reclamé hasta que entró en posesión de una herencia. Pues bien: ¿puede creerlo? Ese miserable se atrevió a negar la deuda y me llevó ante los tribunales, tratándome como a un usurero infame. Muchos casos parecidos podría citarle, y han terminado por endurecerme. Aun así, podría decirle que he secado muchas lágrimas, que muchas oraciones han subido al cielo por mí y por mi Ángela… pero temo que usted lo tome por vanidad; al fin y al cabo, usted también es jugador.

Creí que la cólera divina se había calmado. ¡Ilusión! Atrapado otra vez por el diablo, debía caer en una tentación peor: escuché hablar de su fortuna, y luego me señalaron, uno tras otro, a hombres que salían de su banca convertidos en mendigos. Entonces se me metió en la cabeza que yo —que nunca había perdido— estaba destinado a contrarrestarlo, que era el elegido para poner freno a su avidez. Y esa idea, nacida del delirio, no me dejó descansar.

Fui a su banca… y solo entendí que estaba hechizado cuando toda la fortuna de mi hija ya había pasado a sus manos. En fin, todo ha terminado… ¿Permitirá al menos que Ángela se lleve su ropa?

—No me importan los harapos de su hija —respondió entonces el caballero—. Llévese, si quiere, las camas y el ajuar. ¿Qué me importa todo eso? Pero cuidado: que no desaparezca nada de valor.

Vertua lo miró fijamente, sin decir palabra. De pronto, sus ojos se inundaron de lágrimas. Cayó de rodillas y, con voz desesperada, suplicó:

—¡Caballero! Si aún le queda un poco de humanidad… ¡piedad, piedad! No por mí, sino por mi hija… por mi Ángela… Una niña, un ángel inocente al que usted empuja al abismo de la miseria… Compadézcase de ella… Préstele aunque sea la vigésima parte de lo que le ha ganado… ¡Sí, ya lo sé! ¡Sé que se enternecerá!… ¡Ángela, pobre hija!

Y entre sollozos repetía su nombre, una y otra vez, con un dolor que desgarraba.

—Ya le he dicho que esta farsa empieza a sacarme de quicio —replicó el caballero, furioso.

En ese instante apareció una joven con un camisón blanco. Tenía el cabello suelto, el rostro pálido, como si la vida se le estuviera apagando. Corrió hacia el anciano, lo levantó, lo estrechó contra su pecho y exclamó:

—¡Padre mío! ¡Lo sé todo! ¡Lo he oído todo! ¿Y qué importa que hayamos perdido la fortuna? ¿No le queda su Ángela? ¿No sabré cuidarlo ahora mejor que nunca? ¡Padre, no se humille más ante ese monstruo! No hay que compadecernos de nosotros, sino de él: miserable en medio de sus riquezas, condenado a una soledad espantosa, sin un corazón que lata junto al suyo, sin un alma que responda a su dolor. Venga conmigo. Vámonos ahora mismo, para que ese hombre no siga alimentándose de su sufrimiento.

Vertua se desplomó desmayado en un sillón. Ángela se arrodilló ante él y, tomándole las manos, las cubrió de besos y caricias. Con una ternura casi infantil, enumeraba los conocimientos y habilidades que pensaba usar para darle una vida digna; le suplicaba, llorando, que no temiera nada, y le aseguraba que sería feliz el día en que tuviera que bordar, coser o cantar, no por gusto, sino para ganarse el pan.

¿Qué corazón, por endurecido que fuera, habría podido permanecer indiferente ante aquella joven, radiante de una belleza casi celestial, hablando con dulzura y derramando ante el anciano un amor tan puro, una piedad filial tan limpia?

El caballero sintió la conciencia morderlo. En aquella joven veía a un ángel vengador: su sola presencia disipaba las nubes de locura y crimen que le cegaban, y lo obligaba a verse a sí mismo en toda la repugnante desnudez de su conducta.

Hasta entonces no había sabido qué era el amor. Al contemplar a Ángela se sintió dominado a la vez por una pasión violenta y por un dolor sin salida: no se atrevía ni siquiera a imaginarse digno de una joven así, sin mancha y tan admirable.

Quiso hablar y no pudo, como si la lengua se le hubiera paralizado. Al fin, reuniendo fuerzas, dijo con voz temblorosa:

—Escuche, señor Vertua… Yo no le he ganado nada… nada en absoluto… Aquí está mi caja… es suya… Ya sé que le debo más… que usted es mi acreedor… Pero tome, por ahora… tome…

—¡Hija mía! —exclamó Vertua.

Ángela se incorporó, se acercó al caballero y, midiéndolo con una mirada altiva, le dijo:

—Sepa, caballero, que hay algo que vale más que el oro y la fortuna: los buenos sentimientos, que usted desconoce, y que son los que nos dan consuelos verdaderos. Rechazo con desprecio sus dones y ofrecimientos. Guarde ese dinero, prenda de la maldición que lo persigue, jugador sin freno y sin alma.

—¡Sí! —exclamó el caballero, fuera de sí—. ¡Que se abra el infierno bajo mis pies si esta mano vuelve a tocar una sola carta! Pero si usted me rechaza, será la causa de mi ruina. ¿No lo entiende? ¡Ah! Tómeme por loco… lo sabrá todo cuando venga a sus pies y me vuele la cabeza. ¡Ángela! De usted depende mi vida o mi muerte… ¡Adiós!

Y se lanzó fuera del aposento, presa de una desesperación absoluta. Vertua adivinó su estado y, recordando lo que él mismo había vivido, hizo ver a su hija que ciertas circunstancias podían obligarla a aceptar la oferta del caballero. Ángela se estremeció ante esa idea: aquel hombre le parecía digno solo de desprecio eterno. Pero el destino, árbitro de las vidas humanas, iba a darle a todo un desenlace inesperado.

Al caballero le pareció despertar de una pesadilla. Viéndose al borde de un abismo, tendió los brazos hacia la figura luminosa que acababa de revelársele.

IV

De pronto la banca del caballero de Ménars desapareció, dejando a París asombrado. Como nadie volvía a verlo, corrieron los rumores más extraños e infundados. La verdad era que evitaba todo contacto con su antigua vida, entregado a las sombras de su pasión y su remordimiento.

Un día, mientras el anciano Vertua paseaba con su hija por las avenidas solitarias del parque de Malmaison, lo encontraron allí.

Ángela, que había creído que jamás podría verlo sin sentir horror y desprecio, se conmovió al verlo frente a ella: pálido como un muerto, tembloroso, abatido, apenas se atrevía a levantar la mirada. La joven sabía que, desde aquella noche fatal, había cambiado por completo; y, siendo ella la causa de esa transformación, ¿cómo no iba a halagar su vanidad y su compasión?

Tras intercambiar unas frases corteses con Vertua, Ángela preguntó con interés benévolo:

—¿Qué le ocurre, caballero de Ménars? En verdad parece enfermo… debería cuidarse.

Aquellas palabras le atravesaron el corazón como un rayo de esperanza. Levantó la cabeza y, arrastrado por la emoción, recobró esa elocuencia apasionada con la que antes conquistaba voluntades.

Vertua le recordó que debía ir a tomar posesión de la casa, y él respondió:

—Tenéis razón, señor Vertua. Mañana iré a vuestra casa; pero permitid que no precipitemos las condiciones: para un asunto así, harán falta algunos meses.

—De acuerdo —respondió el anciano—. Con el tiempo podremos hablar de ciertas cosas que hoy aún están lejos de nosotros.

Reanimado por la esperanza, el caballero recuperó la amabilidad que lo había distinguido antes de verse arrastrado por su pasión. Sus visitas a casa de Vertua se hicieron cada vez más frecuentes, y Ángela parecía, día tras día, más dispuesta a escuchar a aquel hombre que la llamaba su ángel protector.

Finalmente, llegó a creer que lo amaba de verdad y aceptó darle su mano, para alegría de su padre, que así recobraba su fortuna.

Ángela, feliz prometida del caballero de Ménars, estaba un día sentada a la ventana, perdida en los sueños de la vida nueva que se abría ante ella, cuando pasó un regimiento de cazadores, al son de las cornetas, rumbo a España. Observó con interés a aquellos hombres destinados quizá a morir en la guerra, cuando un joven oficial, volviendo bruscamente las riendas de su caballo, le lanzó una mirada rápida... y ella cayó desvanecida.

¡Ah! Aquel joven que marchaba al encuentro de la muerte era el hijo de un vecino, Duvernet, compañero de su infancia. Él la visitaba a diario, hasta que dejó de hacerlo cuando comenzaron las visitas del caballero.

En la mirada doliente del oficial, Ángela reconoció cuánto la había amado... y cuánto lo amaba ella sin haberlo sabido, cegada por las palabras seductoras de Ménars. Comprendió, por fin, los suspiros callados de Duvernet, sus silencios, su ternura simple; y entendió por qué se turbaba cada vez que lo veía, o incluso al oír su voz.

—Ya es tarde... ya lo he perdido —murmuró, reuniendo valor para luchar contra el sentimiento que la desgarraba y recuperar una apariencia serena.

Pero su agitación no escapó a la mirada penetrante del caballero. Aun así, tuvo delicadeza para no exigirle un secreto que ella parecía decidida a ocultar. Se limitó a apresurar la boda y a organizar los preparativos con una discreción y una generosidad que no podían dejar de conmoverla.

Una vez unidos, él se condujo con tanta ternura, con un cariño tan franco y con una atención tan constante a sus menores deseos, que el recuerdo de Duvernet debía borrarse por completo.

La primera nube que oscureció su calma fue la enfermedad y muerte del anciano Vertua.

Desde la noche en que perdió sus bienes en la banca del caballero, no volvió a tocar una carta; pero en sus últimos instantes parecía que el juego había vuelto a devorarle el alma. Mientras el sacerdote le ofrecía los consuelos de la religión, el viejo, con los ojos cerrados, murmuraba entre dientes:

—Perdido... ganado...

Y agitaba las manos, ya casi rígidas, como si barajara, cortara y tirara naipes.

En vano su hija y su yerno, inclinados sobre el lecho, le hablaban con ternura: no los oía, no podía reconocerlos. Por fin, suspirando y pronunciando la palabra:

—¡Ganado!

...exhaló el último aliento.

En medio de su dolor, Ángela sintió un estremecimiento al recordar las últimas emociones del moribundo. La noche terrible en que vio al caballero por primera vez, bajo el aspecto de un jugador endurecido, revivió en su memoria. Tembló al pensar que algún día aquella máscara amable podría caer, y él volvería a mostrarse con su verdadero rostro.

Ese presentimiento no tardó en cumplirse.

Por más que lo hubieran estremecido los últimos momentos de su suegro, el caballero, desoyendo las súplicas de la Iglesia, volvió a sentirse arrastrado por su pasión. Soñaba cada noche que estaba sentado de nuevo en la banca, acumulando riquezas.

Ángela, entristecida por el recuerdo de los extravíos pasados, empezó a retirarle poco a poco la confianza que al principio le había dado. Él, por su parte, atribuyó la reserva de su esposa al secreto que un día le sorprendió. De esa desconfianza mutua nacieron escenas amargas que hirieron a Ángela más de una vez.

Entonces volvió a renacer en su corazón la imagen del desdichado Duvernet, con las emociones que habían sido la luz de su juventud.

El desacuerdo crecía cada día, hasta que el caballero encontró su vida tan vacía que sus viejos vicios lo llamaron de nuevo. Un hombre malintencionado le dio el último empujón: uno de sus antiguos socios, que se burlaba sin cesar de su existencia discreta y de la "extraña resignación" con la que —según decía— había sacrificado los brillantes placeres de antes por una mujer.

Pocos días después, la banca del caballero de Ménars reabrió sus puertas. Volvió a llenarse con una concurrencia espléndida, y la fortuna no le dio la espalda a su hijo predilecto. Desde el primer momento las víctimas se sucedieron y el oro llovió sobre el tapete verde.

En cambio, la felicidad de su esposa se disipó como un sueño. Cuando lo veía, encontraba en él, si no fría indiferencia, un desprecio oscuro. Llegó a pasar semanas, incluso meses, sin verlo.

Un viejo mayordomo llevaba los asuntos de la casa. Los criados eran cambiados al capricho del caballero, de modo que Ángela, extraña en su propio hogar, no hallaba consuelo en ninguna parte.

Muchas noches, insomne, oía el carruaje detenerse frente a la casa; luego el golpe de la pesada caja que dejaban en una habitación cercana; los gritos y palabras duras del caballero; y, por último, el portazo con que se encerraba. Entonces la desdichada rompía en llanto, pronunciaba con angustia el nombre de Duvernet y terminaba rogando a la Providencia que pusiera fin a sus penas.

Sucedió entonces que un joven de buena familia, tras perder en la banca del caballero toda su fortuna, se disparó en la cabeza allí mismo. La sangre y fragmentos del cráneo salpicaron a los jugadores. Huyeron aterrados, mientras el dueño, sin perder la calma, preguntaba desde cuándo se había impuesto la costumbre de abandonar el juego antes de la hora habitual solo por un tonto incapaz de guardar las formas.

El suicidio causó una conmoción enorme. Los jugadores más influyentes se indignaron por la conducta del caballero; la ciudad entera habló contra él. La policía cerró la banca y lo acusó de fraude, sospecha reforzada por su constante buena suerte. Incapaz de defenderse, perdió buena parte de su fortuna en la multa descomunal que le impusieron.

Insultado y despreciado, se arrojó en los brazos de su esposa. Ángela, pese a los malos tratos recibidos, creyó ver en él un arrepentimiento sincero y concibió nuevas esperanzas: que, por fin, renunciaría a la pasión funesta del juego.

El caballero abandonó París y, junto con Ángela, se fue a Génova, ciudad natal de ella. Allí vivió retirado durante algún tiempo, intentando en vano recuperar la tranquilidad doméstica al lado de su esposa. Su pasión, sin embargo, se reavivaba día tras día hasta convertir su vida en una agitación constante. Además, la mala fama lo siguió desde París hasta su nuevo destino, lo que le impidió abrir otra banca, como había planeado.

Por esos días, un coronel francés, retirado del servicio militar a causa de sus heridas, dirigía en Génova la banca más favorecida. La codicia y la envidia empujaron al caballero, que se presentó ante su rival con la intención de desbancarlo, confiado en su antigua suerte. El coronel lo recibió con una jovialidad inusual y anunció que el juego ganaría un nuevo interés, pues el caballero de Ménars venía a darle brillo con su "buena estrella".

En efecto, los primeros cortes le fueron favorables, como siempre. Pero cuando, confiado en su fortuna infalible, exclamó:

—Va todo lo de la banca.

…perdió de golpe una suma considerable. Y el coronel, por lo común impasible tanto en la buena como en la mala suerte, recogía el oro de su adversario con muestras evidentes de placer.

Desde ese instante, la estrella del esposo de Ángela se apagó para siempre. Jugaba cada noche y cada noche perdía, hasta que solo le quedó el equivalente a unos dos mil ducados en papel. Pasó todo el día intentando convertirlos en efectivo y no lo logró hasta muy tarde. Aquella noche, ya con las monedas en el bolsillo, se disponía a salir cuando Ángela, presintiendo el desastre, se arrojó a sus pies, bañándolos con lágrimas, y le suplicó por la Virgen y por todos los santos que no la arrojara a la miseria.

El caballero la levantó y, abrazándola con dulzura, le dijo en voz apagada:

—Ángela, Ángela de mi corazón… ya no puedo detenerme. Tengo que obedecer al destino que me domina. Pero mañana, sí, mañana terminarán tus penas. Te juro por la Providencia que hoy juego por última vez. Tranquilízate, querida mía; duerme y sueña con una vida feliz: eso me traerá suerte.

Tras decirlo, la abrazó de nuevo y salió apresuradamente.

En dos cortes lo perdió todo. Se quedó inmóvil junto al coronel, con la mirada clavada en el tapete, como si hubiera quedado vacío por dentro.

—¿Cómo? ¿Ya no apostáis, caballero? —le dijo su rival mientras barajaba.

—Lo he perdido todo —respondió el caballero, esforzándose por parecer sereno.

—¿De veras no os queda nada? —insistió el coronel al siguiente corte.

—No soy más que un mendigo —murmuró el caballero, con una rabia temblorosa, sin apartar los ojos del tapete. Ni siquiera advirtió que la banca empezaba a perder, y que el coronel seguía jugando sin alterarse.

—Sin embargo, tenéis una mujer muy hermosa —añadió el coronel en voz baja, todavía sin mirarlo, mientras volvía a barajar.

—¿Qué queréis decir con eso? —exclamó el caballero, furioso. El coronel siguió jugando, sin responder.

—Van veinte mil ducados por… ¿Ángela? —repitió, en el mismo tono, dejando la baraja un instante.

El caballero guardó silencio. El juego continuó y, al ver que los naipes se volvían contra la banca, se inclinó al oído del coronel y dijo al empezar un nuevo corte:

—Acepto... y sea por esta sota.

En la primera jugada, la sota perdió.

El caballero dio un paso atrás, rechinando los dientes, y fue a apoyarse en una ventana, con la muerte dibujada en el rostro.

Terminó la partida. El coronel se acercó y le dijo con tono burlón:

—¿Y bien? ¿Qué hacemos ahora?

—¡Ah! —gritó el caballero, fuera de sí—. Es cierto que me habéis arruinado, pero os tendría por loco si creyerais haber ganado a mi esposa. ¿Vivimos entre salvajes? ¿Es Ángela una esclava para que, en un momento de delirio, pudiera venderla o apostarla? Sin embargo, como reconozco que habríais pagado los veinte mil ducados si la sota hubiera ganado, renuncio a cualquier derecho sobre ella... pero solo si ella consiente en dejarme para seguiros. Venid conmigo y desesperaos al ver cómo os desprecia, horrorizada solo con la idea de convertirse en vuestra infame concubina.

—Desesperaos vos, caballero —respondió el coronel con acento sardónico—, si antes que a mí os rechaza a vos, que forjasteis su desgracia, y viene a mis brazos con alegría... Desesperaos cuando sepáis que se cumplirá nuestro deseo, y la Iglesia bendecirá nuestro enlace. ¡Y me llamabais insensato! Yo solo quería el derecho de aspirar a su mano: su corazón me pertenece desde hace tiempo. Sí, caballero: antes que a vos, me amaba a mí... me amaba con pasión. Y sabedlo: yo soy Duvernet, su amigo de la infancia, criado con ella, unido a ella por el corazón, y separado solo por vuestras seducciones. Solo cuando partí a la guerra, Ángela comprendió lo que yo valía; y cuando yo lo supe, ya era tarde. El infierno me inspiró la idea de entregarme al juego para arruinaros. Os seguí hasta Génova y por fin lo he conseguido. ¡Ahora vamos a ver a vuestra esposa!

El caballero quedó aniquilado, como fulminado. De pronto se le revelaba aquel secreto fatal que lo había perseguido sin comprenderlo: entendió, de golpe, el cúmulo de sufrimientos que había sembrado en el corazón de la desdichada.

—Que decida mi esposa —dijo al fin, con voz apagada, y echó a andar tras el coronel.

Al llegar a la casa, Duvernet fue a tirar de la campanilla; pero el caballero lo detuvo.

—La pobre estará durmiendo… ¿os atreveréis a turbar su sueño?

—No me vengáis con eso —replicó el coronel—. ¿Ha descansado un solo instante desde que la torturáis con vuestra conducta?

Y, diciendo esto, se dirigió al dormitorio de Ángela. Entonces el caballero cayó a sus pies y, desesperado, le suplicó:

—Por Dios, tened compasión. Contentaos con haberme reducido a la miseria; renunciad a mi esposa.

—¡Así se arrodillaba ante ti el viejo Vertua, miserable, sin ablandar tu corazón de piedra! Sufre ahora la justicia del cielo.

Avanzó unos pasos hacia la habitación. Pero el caballero, de un salto, se adelantó, abrió la puerta de un empujón, se lanzó al lecho, descorrió las cortinas y gritó:

—¡Ángela!… ¡Ángela!…

Luego se inclinó sobre ella, le tomó las manos y, convulso, con una voz espantosa, exclamó:

—¡Mirad lo que habéis ganado!… ¡Un cadáver! ¡El cadáver de mi esposa!

El coronel se acercó lleno de horror. Contempló a la amiga de su infancia: ninguna señal de vida. Ángela había muerto, en efecto.

Entonces levantó el puño hacia el cielo, lanzó un ronco aullido, salió corriendo de la casa… y nunca más se supo de él.

Con esto terminó el desconocido su relato. Se levantó del banco y el barón, profundamente impresionado, no acertó a decir una sola palabra.

Pocos días después, aquel hombre sufrió un ataque fulminante que lo llevó a la tumba en pocas horas. Al revisar sus papeles se descubrió que no se llamaba Beaudasson, como decía, sino Ménars: era, por tanto, el desdichado caballero de la historia.

El barón dio gracias al cielo por haberle enviado aquel aviso cuando estaba al borde del abismo. Juró no dejarse seducir jamás por los engañosos atractivos de un vicio tan fatal, y hasta hoy ha cumplido su promesa.

EL HOMBRE DE ARENA

NATANIEL A LOTARIO

Sin duda estarán inquietos porque hace tanto tiempo que no les escribo. Mamá estará enfadada y Clara pensará que vivo en un torbellino de alegrías que me ha hecho olvidar por completo la dulce imagen angelical tan profundamente grabada en mi corazón y en mi alma. Pero no es así: cada día, cada hora, pienso en ustedes, y el rostro encantador de Clara vuelve una y otra vez en mis sueños. Sus ojos transparentes me miran con dulzura y su boca me sonríe como antes, cuando regresaba junto a ustedes.

¡Ay de mí! ¿Cómo habría podido escribirles con la violencia que habitaba en mi espíritu y que hasta ahora ha perturbado todos mis pensamientos? ¡Algo espantoso ha entrado en mi vida! Sombríos presentimientos de un destino cruel y amenazador se ciernen sobre mí como nubes negras, impenetrables para los alegres rayos del sol.

Debo contarte lo que me ha sucedido. Debo hacerlo; es necesario. Pero solo con pensarlo oigo a mi alrededor risas burlonas. ¡Ay, querido Lotario!, ¿cómo hacer para que comprendas que lo que me ocurrió hace unos días ha podido trastornar mi vida de una forma terrible? Si estuvieras aquí podrías verlo con tus propios ojos; pero seguramente ahora piensas que soy un visionario.

En pocas palabras, la horrible visión que tuve —y cuya influencia mortal intento evitar— consiste en que hace unos días, exactamente el 30 de octubre al mediodía, un vendedor de barómetros entró en mi casa y me ofreció su mercancía. No compré nada y lo amenacé con arrojarlo escaleras abajo; entonces se marchó de inmediato.

Sin duda sospechas que ciertas circunstancias de mi vida, que han dejado en mí una profunda huella, dan importancia a este hecho aparentemente insignificante. Y así es. Reúno todas mis fuerzas para contarte con calma y paciencia algunos recuerdos de mi infancia que arrojarán luz sobre todo esto.

Mientras comienzo, te imagino riendo y oigo a Clara decir: «¡Son auténticas tonterías de niños!». ¡Rían! ¡Rían de todo corazón, se los ruego! Pero, ¡Dios del cielo!, mis cabellos se erizan, y me parece que los estoy invocando a burlarse de mí en el delirio de la desesperación.

Voy al asunto.

Salvo durante las comidas, mis hermanos y yo veíamos muy poco a nuestro padre. Estaba siempre ocupado con su trabajo. Después de la cena —que, según la antigua costumbre, se servía a las siete— íbamos todos, junto con nuestra madre, al despacho de mi padre y nos sentábamos alrededor de una mesa redonda.

Mi padre fumaba su pipa y bebía un gran vaso de cerveza. A menudo nos contaba historias maravillosas, y se apasionaba tanto al narrarlas que dejaba que su pipa se apagara. Yo tenía el encargo de encendérsela de nuevo con una astilla encendida, lo que me producía un placer indescriptible.

Otras veces nos daba libros con ilustraciones, y él permanecía en silencio, inmóvil en su sillón, expulsando espesas nubes de humo que nos envolvían como una niebla.

En aquellas veladas, mi madre se mostraba muy triste, y apenas oía sonar las nueve cuando exclamaba:

—Vamos, niños, a la cama… ¡El Hombre de Arena está por llegar!… ¡Ya lo oigo!

En efecto, entonces se escuchaban en la escalera unos pasos pesados que resonaban con fuerza: debía de ser el Hombre de Arena.

Una vez, aquel ruido me produjo más escalofríos que de costumbre y pregunté a mi madre, mientras nos acompañaba:

—Mamá, ¿quién es ese Hombre de Arena que siempre nos obliga a dejar a papá? ¿Cómo es?

—No existe tal Hombre de Arena, hijo mío —respondió mi madre—. Cuando digo que viene el Hombre de Arena, solo quiero decir que tienen que irse a dormir, porque sus párpados se cierran solos, como si alguien les hubiera echado arena en los ojos.

La respuesta de mi madre no me dejó satisfecho. Mi imaginación infantil sospechaba que lo negaba solo para no asustarnos. Pero yo seguía oyendo siempre aquellos pasos subir por la escalera.

Lleno de curiosidad y deseoso de saber quién era ese hombre, pregunté a una vieja criada que cuidaba de mi hermana pequeña.

—¡Ah, mi pequeño Nataniel! —me dijo—. ¿No lo sabes? Es un hombre malo que viene a buscar a los niños que no quieren irse a dormir. Les arroja arena en los ojos hasta hacerlos llorar sangre. Luego los mete en un saco y se los lleva a la luna creciente para divertir a sus hijos, que viven en un nido y tienen picos curvos como los de las lechuzas para devorar los ojos de los niños.

Desde entonces, la imagen del Hombre de Arena quedó grabada en mi espíritu de una forma terrible. Por la noche, cuando los pasos resonaban en la escalera, temblaba de ansiedad y de miedo. Mi madre solo lograba arrancarme estas palabras entre lágrimas:

—¡El Hombre de Arena!… ¡El Hombre de Arena!

Corría a mi habitación y aquella horrible aparición me atormentaba durante toda la noche.

Con el tiempo tuve edad suficiente para comprender que la historia del Hombre de Arena y de sus hijos en el nido de la luna no era más que un cuento de la criada. Sin embargo, el Hombre de Arena seguía siendo para mí un espectro amenazador.

El terror se apoderaba de mí cuando lo oía subir al despacho de mi padre. A veces su ausencia duraba mucho tiempo; otras, sus visitas se repetían con frecuencia. Aquello continuó durante varios años.

No podía acostumbrarme a esa aparición misteriosa, y la figura sombría del desconocido no desaparecía de mi imaginación. Su relación con mi padre ocupaba cada vez más mis pensamientos. La idea de preguntarle me llenaba de miedo, y el deseo de descubrir el misterio crecía con los años.

El Hombre de Arena me había introducido en el mundo de lo fantástico, donde la mente infantil entra con tanta facilidad. Nada me gustaba más que leer o escuchar historias horribles de genios, brujas y duendes. Pero, por encima de todas esas apariciones espantosas, la que más me fascinaba era la del Hombre de Arena, cuya imagen dibujaba con tiza o carbón en mesas, armarios y paredes bajo las formas más terribles.

Cuando cumplí diez años, mi madre me dio una habitación para mí solo en el corredor, no lejos de la de mi padre. Como siempre, a las nueve se oían los pasos del desconocido y todos debíamos retirarnos.

Desde mi habitación lo escuchaba entrar en el despacho de mi padre y, poco después, me parecía que un vapor extraño se extendía por toda la casa.

Mi curiosidad por ver al Hombre de Arena crecía cada vez más. Algunas veces abría la puerta cuando mi padre ya se había retirado y me deslizaba por el corredor; pero nunca conseguía ver nada, porque la puerta del despacho ya estaba cerrada.

Finalmente, impulsado por un deseo irresistible, decidí esconderme en el despacho de mi padre y esperar allí al Hombre de Arena.

Por el rostro sombrío de mi padre y la tristeza de mi madre comprendí una noche que aquel hombre vendría. Fingí estar muy cansado y, antes de las nueve, abandoné la sala y me escondí detrás de la puerta.

La puerta de la casa chirrió al abrirse y unos pasos lentos y pesados resonaron desde el vestíbulo hasta la escalera. Mi madre y mis hermanos pasaron apresuradamente. Entonces abrí muy despacio la puerta del despacho.

Mi padre estaba sentado, como siempre, en silencio y de espaldas a la puerta. No me vio. Corrí a esconderme detrás de una cortina que cubría un armario donde colgaban sus trajes.

Los pasos se acercaban cada vez más. Alguien tosía, resoplaba y murmuraba de una manera extraña. Mi corazón latía con fuerza de miedo y expectación.

De pronto, un paso fuerte, un golpe en el picaporte, los goznes chirriaron.

Asomé la cabeza con cautela.

El Hombre de Arena estaba en medio de la habitación.

La luz de las velas iluminaba su rostro.

¡El Hombre de Arena, el terrible Hombre de Arena, era el viejo abogado Coppelius, que a veces se sentaba a nuestra mesa!

Pero ningún rostro habría podido causarme mayor horror que el suyo.

Imagínate un hombre de hombros anchos, con una enorme cabeza deformada, piel apagada, espesas cejas grises bajo las que brillaban dos ojos verdes como los de un gato, y una nariz gigantesca que caía bruscamente sobre sus gruesos labios.

Su boca torcida se deformaba aún más cuando sonreía con burla. En sus mejillas aparecían dos manchas rojas, y de entre sus dientes irregulares salía una voz áspera, mitad silbido, mitad murmullo.

Coppelius vestía siempre un traje gris pasado de moda: chaqueta y pantalones del mismo color, medias negras y zapatos con hebillas brillantes. Su corta peluca apenas cubría el cuello y terminaba en dos bucles que enmarcaban sus grandes orejas rojizas. Detrás caía una ancha cinta negra que dejaba ver el broche de plata que sujetaba su lazo.

Su rostro era repugnante; pero lo que más nos impresionaba a nosotros, los niños, eran sus grandes manos huesudas y cubiertas de vello. Cuando tocaba algo, nosotros evitábamos tocarlo después.

Él lo sabía y se divertía tocando los pasteles o las frutas confitadas que nuestra madre había puesto en nuestros platos. Luego se deleitaba viendo cómo nuestros ojos se llenaban de lágrimas, incapaces de comer aquello que él había tocado.

También lo hacía los días de fiesta, cuando nuestro padre nos servía un pequeño vaso de vino dulce. Coppelius se apresuraba a coger el vaso, lo acercaba a sus labios azulados y reía diabólicamente al ver que solo podíamos expresar nuestra rabia con leves sollozos.

Nos llamaba "animalitos". En su presencia no podíamos decir una palabra. Lo odiábamos con toda nuestra alma, pues parecía disfrutar arruinando nuestras pequeñas alegrías.

Mi madre también lo odiaba. Desde el momento en que aparecía, su alegría desaparecía y se volvía grave y silenciosa.

Mi padre, en cambio, se comportaba con él como si fuera una persona importante, a la que había que soportar con paciencia. Siempre le ofrecía los mejores platos y descorchaba vinos especiales en su honor.

Entonces comprendí que aquel hombre no podía ser otro que el Hombre de Arena. Pero ya no era el monstruo del cuento de la criada que se llevaba a los niños a la luna. No.

Era una criatura odiosa y fantasmagórica que, allí donde aparecía, traía desgracia, angustia y tormento.

Yo permanecía escondido detrás de la cortina, casi sin respirar, con el riesgo de ser descubierto y castigado cruelmente.

Mi padre recibió a Coppelius con alegría.

Mi madre parecía odiar tanto como nosotros al repugnante Coppelius, pues desde el momento en que aparecía su dulce alegría y su carácter despreocupado se transformaban en una gravedad triste y sombría. Mi padre, en cambio, se comportaba con él como si perteneciera a un rango superior y hubiera que soportar sus desaires con paciencia. Nunca dejaba de ofrecerle sus platos favoritos y descorchaba en su honor los mejores vinos.

Al verlo entonces comprendí que nadie más podía ser el Hombre de Arena. Pero para mí ya no era el ogro del cuento de la niñera que se lleva a los niños a la luna, al nido de sus hijos con pico de lechuza. No. Era una criatura odiosa y fantasmagórica que, allí donde aparecía, traía tormento y desgracia, causando un mal duradero.

Yo permanecía hechizado, con la cabeza entre las cortinas, arriesgándome a ser descubierto y castigado cruelmente. Mi padre recibió a Coppelius con alegría.

—¡Vamos! ¡Al trabajo! —exclamó el otro con voz sorda, quitándose la levita.

Mi padre, con aire sombrío, se quitó la bata y ambos se pusieron unas túnicas negras. Luego abrió la puerta de un armario empotrado que ocultaba un nicho profundo donde había un horno. Coppelius se acercó y del hogar surgió una llama azul. La extraña luz iluminó una gran cantidad de herramientas desconocidas.

Pero, ¡Dios mío!, qué terrible transformación se había producido en el rostro de mi padre. Un dolor violento parecía haber cambiado la expresión honesta y leal de su rostro, que ahora se contraía de forma casi diabólica. ¡Se parecía a Coppelius!

Este manejaba unas pinzas incandescentes y removía los carbones del horno. Creí ver a su alrededor figuras humanas… pero sin ojos. En su lugar había cavidades negras, profundas y espantosas.

—¡Ojos! ¡Ojos! —gritaba Coppelius con voz grave y amenazadora.

Lancé un grito y caí al suelo, abatido por el terror. Entonces Coppelius me agarró.

—¡Pequeña bestia! ¡Pequeña bestia! —dijo rechinando los dientes de una manera espantosa.

Diciendo esto me arrojó hacia el horno, cuya llama ya empezaba a quemar mis cabellos.

—Ahora —exclamó— ya tenemos ojos… ¡ojos! ¡Un hermoso par de ojos de niño!

Con sus manos tomó un puñado de carbones encendidos y se dispuso a arrojarlos sobre mis ojos. Pero mi padre, juntando las manos, le suplicó:

—¡Maestro! ¡Maestro! ¡Deja los ojos a mi Nataniel! ¡Déjaselos!

Coppelius estalló en una carcajada.

—Que el niño conserve sus ojos para que puedan cumplir su función en el mundo. Pero ya que está aquí, examinemos bien el mecanismo de sus manos y de sus pies.

Sus dedos apretaron todas las articulaciones de mis miembros, que crujieron, y me torció las manos y los pies de un lado a otro.

—Esto no está del todo bien… aunque no está mal. ¡El viejo lo ha entendido perfectamente!

Coppelius murmuraba estas palabras mientras me manipulaba, pero pronto todo se volvió oscuro y confuso a mi alrededor. Un dolor terrible recorrió todo mi cuerpo… y después no sentí nada más.

Un vapor cálido y dulce se derramó sobre mi rostro. Desperté como si saliera de un sueño mortal. Mi madre estaba inclinada sobre mí.

—¿Está aquí el Hombre de Arena? —balbuceé.

—No, hijo mío —respondió ella—. Está muy lejos. Se fue hace mucho. No te hará daño.

Así me hablaba mi madre mientras me besaba y me estrechaba contra su pecho.

¿Para qué cansarte más con estas historias, querido Lotario? Fui descubierto y cruelmente maltratado por Coppelius. La angustia y el miedo me provocaron una fiebre terrible que padecí durante varias semanas.

—¿Está aún aquí el Hombre de Arena?

Esas fueron mis primeras palabras al recobrar la conciencia y el primer signo de mi recuperación.

Solo me queda contarte el momento más horrible de mi infancia. Entonces comprenderás que no es culpa de mis ojos si todo me parece sombrío en la vida, pues un destino oscuro ha cubierto el mundo con una nube espesa que solo mi muerte podrá disipar.

Coppelius no volvió a aparecer. Se dijo que había abandonado la ciudad.

Había pasado un año y una noche, según la antigua costumbre, estábamos sentados alrededor de la mesa redonda. Mi padre estaba muy alegre y nos contaba historias divertidas de sus viajes de juventud.

Cuando el reloj dio las nueve, oímos chirriar la puerta de la casa y unos pasos pesados resonaron desde el vestíbulo hasta la escalera.

—¡Es Coppelius! —dijo mi madre, palideciendo.

—Sí, es Coppelius —repitió mi padre con voz entrecortada.

Las lágrimas aparecieron en los ojos de mi madre.

—¿Es necesario?

—Por última vez —respondió él—. Viene por última vez, te lo juro. Ve con los niños. Buenas noches.

Yo estaba paralizado, me faltaba el aire. Mi madre, al verme inmóvil, me tomó del brazo.

—Ven, Nataniel —me dijo.

Me llevó a mi habitación.

—Tranquilízate y acuéstate. Duerme.

Pero un terror invencible me agitaba y no pude cerrar los ojos. La horrible imagen de Coppelius, con sus ojos brillantes y su sonrisa hipócrita, se mantenía ante mí.

Cerca de la medianoche se oyó un golpe violento, como el disparo de un arma. Toda la casa tembló. Alguien pasó corriendo frente a mi cuarto y la puerta de la calle se cerró con un estruendo.

—¡Es Coppelius! —grité fuera de mí, saltando de la cama.

Oí gemidos. Corrí al despacho de mi padre. La puerta estaba abierta. Un humo sofocante llenaba la habitación.

Una criada gritaba:

—¡El señor! ¡El señor!

Delante del horno encendido, en el suelo, yacía mi padre muerto, con el rostro destrozado. Mis hermanas estaban de rodillas a su alrededor llorando y gritando. Mi madre había caído sin sentido junto a él.

—¡Coppelius, monstruo infame! ¡Has asesinado a mi padre! —grité.

Luego caí desmayado.

Dos días después, cuando colocaron su cuerpo en el ataúd, su rostro había recuperado la serenidad y la dulzura que siempre había tenido en vida. Aquella imagen alivió un poco mi dolor, pues pensé que su relación con el infernal Coppelius no lo había condenado para siempre.

La explosión despertó a los vecinos y el hecho causó gran conmoción. Las autoridades buscaron a Coppelius, pero había desaparecido de la ciudad sin dejar rastro.

Ahora comprenderás, querido amigo, el horror que sentí al descubrir que el vendedor de barómetros no era otro que el miserable Coppelius. Vestía de otra manera, pero sus rasgos están grabados demasiado profundamente en mi alma como para equivocarme.

Además, ni siquiera ha cambiado de nombre. Aquí se hace pasar —según he oído— por un mecánico piamontés llamado Giuseppe Coppola.

Estoy decidido a vengar la muerte de mi padre, pase lo que pase.

No digas nada a mi madre sobre este encuentro. Saluda a la encantadora Clara; le escribiré cuando tenga más calma.

Queda con Dios.

CLARA A NATANIEL

Es cierto que hace mucho tiempo que no me escribes; sin embargo, estoy segura de que me llevas en tu alma y en tus pensamientos, pues pensabas intensamente en mí cuando, al querer enviar tu última carta a mi hermano Lotario, la firmaste con mi nombre. La abrí con alegría y solo me di cuenta de mi error al leer estas palabras: «¡Ay, mi querido Lotario!».

Sin duda no debí continuar leyendo y debí entregar la carta a mi hermano. Alguna vez me has reprochado, entre risas, que tengo un espíritu tan tranquilo y apacible que, si la casa se derrumbara, antes de huir me detendría a acomodar una cortina mal puesta. Pero apenas podía respirar y todo daba vueltas ante mis ojos, mi querido Nataniel, cuando supe la desgraciada causa que ha perturbado tu vida. Pensar en una separación eterna, en no volver a verte jamás, me atravesaba el corazón como un puñal ardiente.

Leí y releí tu carta. La descripción que haces del repugnante Coppelius es horrible. Así he sabido también de qué manera cruel murió tu venerado padre.

Mi hermano, a quien entregué la carta que le correspondía, intentó tranquilizarme, aunque no lo consiguió del todo. El fatal vendedor de barómetros, Giuseppe Coppola, me perseguía en mis pensamientos y casi me avergüenza confesar que incluso perturbó con imágenes terribles mi sueño, que siempre había sido profundo y tranquilo.

Pero, desde la mañana siguiente, todo empezó a parecerme distinto. No te enfades conmigo, amor mío, si Lotario te dice que, a pesar de tus terribles presentimientos sobre Coppelius, mi serenidad no se ha alterado. Te diré sinceramente lo que pienso: las cosas terribles de las que hablas nacen dentro de ti mismo; el mundo exterior y real tiene poco que ver con ellas.

El viejo Coppelius seguramente era un hombre desagradable. Pero como odiaba a los niños, ustedes, siendo niños, sintieron hacia él un verdadero terror. El Hombre de Arena de la niñera se mezcló en tu imaginación infantil con la figura de Coppelius y, sin darte cuenta, quedó grabado en tu mente como un fantasma de tus primeros años.

Sus reuniones nocturnas con tu padre probablemente tenían como objetivo realizar experimentos de alquimia, algo que seguramente preocupaba a tu madre, pues esas prácticas debían costar mucho dinero. Además, aquella obsesión por el conocimiento apartaba a tu padre del cuidado de su familia.

Tu padre probablemente causó su propia muerte por imprudencia, y Coppelius no fue culpable. Ayer mismo pregunté a un viejo boticario vecino si los experimentos químicos podían provocar explosiones mortales. Me respondió que sí, y me explicó largamente cómo ocurren esas cosas, mencionando muchas palabras extrañas que no logré recordar.

Ahora te enfadarás conmigo, Clara, y dirás: «En su espíritu frío no entra ni un solo rayo de misterio de esos que tantas veces envuelven al ser humano con sus alas invisibles; ella solo percibe la superficie colorida del mundo y se alegra como un niño ante una fruta cuya cáscara dorada puede ocultar un veneno mortal».

¡Ah, mi querido Nataniel! ¿Acaso crees que el sentimiento de una fuerza enemiga que actúa sobre nosotros no puede penetrar también en las almas serenas y sonrientes?

Perdóname si yo, una simple joven, intento expresar lo que siento ante una idea tan profunda. Tal vez no encuentro las palabras adecuadas y tú te ríes, no de mis pensamientos, sino de mi torpeza al expresarlos.

Si realmente existe una fuerza oculta que se apodera de nosotros para arrastrarnos hacia caminos peligrosos que habríamos evitado, esa fuerza debe surgir de nuestro interior; solo así puede ganar nuestra confianza y un lugar en nuestro corazón.

Si tenemos firmeza y valor para seguir el camino que nos indican nuestras inclinaciones y nuestra vocación, avanzando con paso tranquilo, ese enemigo interior se agotará en sus intentos de engañarnos.

Lotario añade que muchas veces esa presencia oscura crea dentro de nosotros imágenes tan poderosas que somos nosotros mismos quienes producimos el engaño que nos consume. Es el fantasma de nuestro propio yo, cuya influencia puede conducirnos al infierno o al cielo.

¿Comprendes, querido Nataniel? Mi hermano y yo hemos hablado mucho de estas fuerzas oscuras y misteriosas. Después de escribir lo más importante, siento que esas ideas aparecen ante mí más tranquilas y profundas.

Las últimas palabras de Lotario no las comprendo completamente; solo intuyo su significado. Sin embargo, me parece que tienen algo de verdad.

Te lo suplico: aparta de tus pensamientos al odioso abogado Coppelius y al vendedor de barómetros Coppola. Convéncete de que esas figuras extrañas no tienen poder sobre ti. Solo la creencia en su influencia las convierte en enemigas.

Si cada línea de tu carta no revelara la profunda agitación de tu espíritu, si el estado de tu alma no afligiera mi corazón, podría bromear sobre tu Hombre de Arena y tu abogado alquimista.

¡Anímate! Me he prometido estar a tu lado como un ángel guardián y arrojar al odioso Coppola con una carcajada si intenta perturbar tu sueño. No le temo en absoluto, ni a él ni a sus horribles manos, que no podrían estropear mis dulces ni arrojarme arena a los ojos.

Hasta siempre, mi querido Nataniel.

NATANIEL A LOTARIO

Me resulta muy penoso que Clara, por un error causado por mi descuido, haya abierto mi carta y la haya leído. Me ha escrito una epístola llena de filosofía profunda en la que me demuestra que Coppelius y Coppola existen solo en mi interior, que son fantasmas de mi propio yo que desaparecerán en cuanto los reconozca como tales.

Nadie imaginaría que el espíritu que brilla en sus ojos claros y soñadores pudiera ser tan lógico y metódico.

Se apoya en tu autoridad. ¡Han hablado de mí los dos juntos! Le has dado un curso de lógica para que pueda ver las cosas con claridad.

¡Déjalo!

Además, es cierto que el vendedor de barómetros Coppola no es el viejo abogado Coppelius.

Estoy asistiendo a las clases de un profesor de física italiano que acaba de llegar a la ciudad: el célebre naturalista Spalanzani. Él conoce a Coppola desde hace muchos años y, además, su acento piamontés es evidente. Coppelius era alemán, aunque no precisamente un alemán honesto.

Aun así, no estoy completamente tranquilo. Tú y Clara pueden considerarme un soñador sombrío, pero no puedo apartar de mi mente la impresión que Coppola y su rostro espantoso causaron en mí.

Al menos me tranquiliza saber que ha abandonado la ciudad, según dice Spalanzani.

Este profesor es un personaje singular: un hombre bajo y robusto, con pómulos prominentes, nariz puntiaguda y ojos pequeños y penetrantes.

Hace unos días, al subir a su apartamento, noté que una cortina que normalmente cubre una puerta de cristal estaba un poco abierta. No sé cómo terminé mirando a través del vidrio.

Una mujer alta, muy delgada y elegantemente vestida estaba sentada con las manos sobre una pequeña mesa. Estaba frente a la puerta y pude ver su rostro hermoso. Parecía no notar que la observaba. Sus ojos estaban fijos, como si miraran sin ver; parecía dormir con los ojos abiertos.

Me sentí tan inquieto que corrí al aula contigua.

Más tarde supe que era la hija de Spalanzani, llamada Olimpia, a quien él mantiene aislada con gran celo, de modo que nadie puede acercarse a ella. Sin duda hay algún misterio en torno a ella.

Pero ¿por qué te cuento todo esto?

En dos semanas estaré con ustedes. Necesito ver a mi ángel, a mi Clara. Quizá entonces desaparezca la impresión que se apoderó de mí al leer su carta tan razonable.

Por eso hoy no le escribo.

Mil abrazos.

Nadie podría imaginar algo tan extraño y maravilloso como lo que le sucedió a mi pobre amigo, el joven estudiante Nataniel, cuya historia voy a contarte, lector.

¿Quién no ha sentido alguna vez su interior lleno de pensamientos extraños? ¿Quién no ha sentido su sangre latir con fuerza en las venas y un ardor rojo subir a las mejillas?

Las miradas buscan entonces imágenes invisibles en el espacio, y las palabras salen entrecortadas.

Los amigos te rodean y te preguntan qué te sucede. Tú quisieras pintar con colores brillantes esas figuras vaporosas que ves en tu interior, pero ninguna palabra parece capaz de expresarlas.

Todo parece pálido y sin vida.

Sin embargo, si logras trazar un rápido bosquejo de esas imágenes interiores, como lo haría un pintor, puedes animarlas con colores cada vez más vivos, y tus amigos quedarán fascinados por el mundo que tu alma ha creado.

Debo confesarte, querido lector, que nadie me pidió la historia del joven Nataniel. Pero pertenezco a esa clase de autores que, cuando se sienten inspirados, imaginan que todos a su alrededor les preguntan: «¿Qué sucede? ¡Cuéntanos!».

Así pues, una fuerza poderosa me impulsa a narrarte el destino de Nataniel.

Su vida singular me impresionó profundamente, y por eso me atormentaba la idea de comenzar su historia de una manera digna.

Pensé empezar con «Érase una vez…», pero eso resultaría aburrido.

También pensé en «En la pequeña ciudad de S… vivía…», lo cual ya prepara mejor el desenlace.

O incluso comenzar en medio de la acción:

«—¡Váyase al diablo! —gritó furioso el estudiante Nataniel cuando el vendedor de barómetros Giuseppe Coppola…»

Pero no encontré ninguna frase que reflejara con exactitud la intensidad de la imagen que brillaba en mi mente.

Por eso decidí no empezar de esa manera.

Toma entonces, querido lector, estas tres cartas que mi amigo Lotario me permitió compartir contigo como el boceto de un cuadro que intentaré completar poco a poco en el curso de esta narración.

Quizá consiga, como un buen retratista, dar a cada personaje un rasgo tan expresivo que puedas reconocerlo aunque nunca lo hayas visto.

Y tal vez descubras, lector, que no hay nada más maravilloso y fantástico que la vida real.

Para que todo quede claro desde el principio, debo añadir que, después de la muerte del padre de Nataniel, Clara y Lotario —hijos de un pariente lejano que también había fallecido— fueron acogidos por la madre de Nataniel.

Clara y Nataniel pronto sintieron una profunda inclinación mutua. Nadie se opuso a su afecto y quedaron prometidos.

Después, Nataniel dejó la ciudad para continuar sus estudios en G., donde se encuentra ahora mientras escribe su última carta y asiste a las clases del célebre profesor de física Spalanzani.

Ahora podría continuar mi relato con calma, pero la imagen de Clara se me aparece tan viva que no consigo apartarla de mi mente, como me ocurría siempre cuando me miraba con dulzura.

No podía decirse que Clara fuera bella; al menos eso opinaban los entendidos. Sin embargo, los arquitectos alababan la pureza de su figura; los pintores decían que su nuca, sus hombros y su pecho eran quizá demasiado castos; pero todos amaban su maravillosa cabellera, que recordaba a la de la Magdalena, y coincidían en que su tez tenía un tono digno de un Battoni. Uno de ellos, un auténtico extravagante, comparaba sus ojos con un lago de Ruisdael, donde se reflejan el azul del cielo, el verdor del bosque y las flores del campo, la vida serena. Poetas y músicos iban aún más lejos y decían:

—¡Qué hablan de lagos y de espejos! No podemos mirar a esta muchacha sin que su mirada haga brotar de nuestra alma cantos y armonías celestes que nos estremecen y nos elevan. ¿Acaso no cantamos nosotros también? Y a veces creemos leer en la leve sonrisa de Clara, que es como un cántico, aunque tenga algún tono disonante.

Así era. Clara tenía la imaginación alegre y vivaz de un niño inocente, un alma tierna y delicada, y una inteligencia lúcida y penetrante. Los espíritus ligeros y presuntuosos no tenían nada que hacer a su lado, pues ella, sin decir mucho y conforme a su temperamento silencioso, parecía responderles con su mirada transparente y su sonrisa irónica:

«Queridos amigos, ¿pretenden que tome sus tristes sombras por figuras reales y vivas?»

Por eso muchos la acusaban de fría, prosaica e insensible. Pero otros, que miraban la vida con más claridad, amaban con fervor a aquella joven encantadora; y nadie tanto como Nataniel, que se entregaba a las ciencias y a las artes con pasión. Clara le correspondía con toda su alma.

Las primeras nubes de tristeza pasaron por su vida cuando él se separó de ella. ¡Con qué alegría se arrojó Clara a sus brazos cuando Nataniel, al volver a su ciudad natal, entró en casa de su madre tal como había anunciado en su última carta a Lotario! Entonces sucedió lo que Nataniel había imaginado: al volver a ver a Clara, la imagen del abogado Coppelius se desvaneció, y también la carta fatal —tan razonable— que tanto lo había irritado.

Sin embargo, Nataniel tenía razón cuando escribía a Lotario que su encuentro con el repugnante vendedor de barómetros había ejercido una influencia funesta en su vida. Todos notaron, desde los primeros días, que había cambiado. Caía en ensoñaciones sombrías y se comportaba de un modo extraño, impropio de su carácter. La vida, decía, no era más que sueños y presentimientos; hablaba una y otra vez de cómo los seres humanos, creyéndose libres, son apenas juguetes de fuerzas oscuras, y deben someterse humildemente a lo que el destino les impone.

Iba aún más lejos: afirmaba que era una locura creer que el arte y las ciencias nacen solo de nuestra voluntad, pues la exaltación necesaria para crear no viene de nuestro interior, sino de una fuerza externa que no controlamos.

Clara no compartía aquellos delirios místicos, pero era inútil refutarlos. Solo cuando Nataniel sostenía que Coppelius era el principio maligno que se había apoderado de él la noche en que se escondió tras la cortina, y que ese enemigo acabaría por destruir su amor, Clara decía con seriedad:

—Sí, Nataniel, tienes razón: Coppelius es un principio maligno, una fuerza enemiga capaz de actuar de manera espantosa, como algo diabólico que se introduce en tu vida. Pero solo si no lo expulsas de tu pensamiento y de tu alma. Mientras creas en él, existirá. Su poder está en tu credulidad.

Nataniel, irritado porque Clara solo admitía la existencia del demonio dentro de él, quiso demostrarle su realidad recurriendo a doctrinas místicas sobre espíritus y fuerzas oscuras. Clara, sin embargo, cortó la discusión con una frase indiferente, lo cual mortificó a Nataniel. Pensó entonces que las almas frías encierran esos misterios sin saberlo, y que Clara pertenecía a esa naturaleza "secundaria"; por eso decidió hacer todo lo posible para iniciarla en tales secretos.

Al día siguiente, mientras Clara preparaba el desayuno, se acercó a ella y empezó a leer pasajes de libros místicos, hasta que Clara dijo:

—Pero, querido Nataniel, ¿y si yo te considerara a ti el principio diabólico que conspira contra mi café? Porque, si me paso el día escuchándote leer y mirándote a los ojos como tú quieres, el café se desbordará en el fuego y ninguno de ustedes desayunará.

Nataniel cerró el libro de golpe y se fue malhumorado a su habitación.

Antes escribía cuentos agradables y vivos que Clara escuchaba con un placer indescriptible; pero ahora sus composiciones eran sombrías, vagas, incomprensibles. Clara, por indulgencia, guardaba silencio, pero Nataniel percibía que no le gustaban. Nada era peor para Clara que el aburrimiento: su mirada y sus palabras delataban el sueño. Y, en efecto, los escritos de Nataniel se habían vuelto tediosos.

El disgusto de Nataniel ante el carácter "frío" y "prosaico" de Clara creció día a día; y Clara no lograba vencer el mal humor que le producía el misticismo oscuro y pesado de Nataniel. Así, sin darse cuenta, sus almas comenzaron a alejarse.

La imagen del odioso Coppelius —y el propio Nataniel podía reconocerlo— se iba borrando en su fantasía, y a menudo le costaba darle vida en sus poemas, donde aparecía como un espantajo del destino. Sin embargo, el presentimiento de que Coppelius destruiría su amor terminó inspirándole el tema de una nueva composición.

En ella se describía a sí mismo y a Clara unidos por un amor fiel, pero una mano amenazante se interponía una y otra vez y les arrebataba la alegría. Cuando por fin estaban ante el altar, aparecía el horrible Coppelius, tocaba los ojos maravillosos de Clara, y estos saltaban al pecho de Nataniel como chispas sangrientas, ardientes. Después Coppelius se apoderaba de él, lo arrojaba a un círculo de fuego que giraba con violencia y lo arrastraba en medio de bramidos sordos, como el rugido del huracán azotando la espuma del mar; olas negras, gigantes de cabeza blanca, se alzaban en lucha furiosa.

En medio de aquel estruendo salvaje, Nataniel oía la voz de Clara:

—¿No puedes mirarme? Coppelius te ha engañado: no eran mis ojos los que ardían en tu pecho, sino gotas encendidas de la sangre de tu propio corazón… Yo tengo mis ojos. ¡Mírame!

Nataniel pensaba: «Es Clara, y yo soy suyo para siempre». Entonces parecía dominar el círculo de fuego; el estruendo se hundía en un abismo negro. Nataniel miraba los ojos de Clara… pero era la muerte la que lo contemplaba, serena, con los ojos de Clara.

Mientras escribía el poema, Nataniel estaba sorprendentemente tranquilo. Pulía cada verso, corregía cada línea, y, entregado por completo a la rima, no descansaba hasta dejarlo todo limpio y armonioso. Cuando terminó y lo leyó en voz alta, el horror lo sacudió y exclamó:

—¿De quién es esa voz horrible?

Pero enseguida creyó haber escrito un poema excelente y pensó que podría inflamar el ánimo "frío" de Clara, sin comprender que, en realidad, la sobresaltaría con imágenes terribles, como un presagio de un destino fatal.

Nataniel y Clara estaban sentados en el pequeño jardín de la madre de él. Clara estaba alegre porque, durante los tres días en que Nataniel trabajó en el poema, no la había atormentado con sueños ni presentimientos. También Nataniel se mostraba animado: hablaba con entusiasmo de cosas ligeras y divertidas. Clara dijo entonces:

—Ahora vuelvo a tenerte. ¿Ves? Hemos desterrado al odioso Coppelius.

Nataniel recordó el poema que llevaba en el bolsillo y el deseo de leérselo. Sacó las hojas y comenzó.

Clara, esperando algo aburrido como tantas veces, se resignó y tomó su labor de punto. Pero, a medida que el poema se oscurecía como un cielo que se carga de nubarrones, dejó caer el tejido y miró fijamente a Nataniel. Él leía fascinado, con las mejillas encendidas y los ojos húmedos. Al terminar, suspiró hondamente, tomó la mano de Clara y, sollozando, exclamó:

—¡Ah, Clara, Clara!

Clara lo estrechó contra su pecho y le dijo con dulzura, pero con firmeza:

—Nataniel, querido Nataniel… arroja al fuego esa historia loca y absurda.

Nataniel se levantó indignado y se apartó de ella:

—Eres un autómata sin alma —gritó—, ¡un ser mecánico maldito! Y salió corriendo.

Clara rompió a llorar amargamente y dijo entre sollozos:

—Nunca me ha amado, porque no me comprende.

Lotario apareció en el cenador y Clara tuvo que contarle lo ocurrido. Como amaba a su hermana con toda el alma, cada queja suya caía en él como una chispa, y la molestia que desde hacía tiempo sentía contra el visionario Nataniel se transformó en una cólera violenta. Corrió tras él y le reprochó, con palabras durísimas, su conducta con Clara. Nataniel respondió del mismo modo.

Los insultos de "fatuo", "insensato" y "loco" fueron contestados por "desgraciado" y "vulgar". El duelo se volvió inevitable. Decidieron batirse a la mañana siguiente, detrás del jardín, según las reglas académicas, con floretes afilados. Se separaron sombríos y en silencio.

Clara había oído la disputa, y al ver que al atardecer traían los floretes, comprendió lo que iba a suceder.

Al llegar al lugar del duelo, se quitaron las levitas en un silencio espeso. Iban a lanzarse uno contra otro, con los ojos encendidos de furia, cuando Clara apareció en la puerta del jardín. Se interpuso entre ambos y exclamó entre lágrimas:

—¡Locos! ¡Salvajes! Tendrán que matarme a mí antes de que caiga uno de ustedes. ¿Cómo podría seguir viviendo si mi amado matara a mi hermano o mi hermano a mi amado?

Lotario dejó caer el arma y bajó la mirada en silencio. Nataniel, en cambio, sintió renacer la fuerza de su amor por Clara como en los días felices de la juventud. El arma cayó de sus manos; se arrojó a los pies de Clara y dijo:

—¿Podrás perdonarme alguna vez, Clara, mi único amor? ¿Podrás perdonarme, hermano querido?

Lotario se conmovió al ver el dolor de Nataniel. Llorando, los tres se abrazaron y juraron permanecer unidos por el amor y la fidelidad.

A Nataniel le pareció haberse liberado de un peso enorme, como si se hubiera desatado de una fuerza oscura que amenazaba su vida. Permaneció aún tres días felices junto a los suyos y luego regresó a G., donde debía quedarse un año más antes de volver para siempre a su ciudad natal.

A la madre de Nataniel le ocultaron todo lo referente a Coppelius, pues sabían que no podía pensar sin horror en aquel hombre a quien —como Nataniel— culpaba de la muerte de su esposo.

¡Cuál fue la sorpresa de Nataniel cuando, al llegar a su casa en G., vio que se había incendiado por completo y solo quedaban los muros y un montón de escombros! El fuego había comenzado en el laboratorio del químico, en la planta baja. Varios amigos que vivían cerca lograron entrar con valentía en la habitación de Nataniel, en el último piso, y salvar sus libros, manuscritos e instrumentos. Lo llevaron todo a otra casa, donde alquilaron una habitación en la que Nataniel se instaló.

Al principio no reparó en que el profesor Spalanzani vivía enfrente, y tampoco le sorprendió demasiado ver desde su ventana el interior de la habitación en la que Olimpia permanecía sentada, sola. Su figura se distinguía con claridad, aunque el rostro seguía siendo borroso. Pero acabó extrañándose de que Olimpia se mantuviera siempre en la misma postura, igual que la primera vez que la vio tras la puerta de cristal: sin ocupación alguna, sentada junto a la mesita, con la mirada fija e inmóvil, dirigida hacia él.

Tuvo que admitirse que nunca había visto una belleza semejante; sin embargo, la imagen de Clara seguía firme en su corazón, y la Olimpia inmóvil le resultaba indiferente. Solo de vez en cuando levantaba los ojos del libro y le dirigía una mirada furtiva a aquella hermosa estatua.

Un día estaba escribiendo a Clara cuando llamaron suavemente a la puerta. Al abrir, se encontró con el repugnante rostro de Coppola. Nataniel se estremeció; pero al recordar lo que Spalanzani le había dicho de su compatriota y la promesa que le había hecho a su amada respecto al Hombre de Arena, se avergonzó de su temor infantil y reunió fuerzas para decir con la mayor tranquilidad posible:

—No compro barómetros, amigo, así que ¡váyase!

Pero Coppola entró en la habitación y dijo con voz ronca, mientras su boca se contraía en una sonrisa odiosa y sus ojos pequeños brillaban bajo largas pestañas grises:

—¡Eh, no barómetros, no barómetros! ¡También tengo ojos bonitos…, ojos bonitos!

Nataniel, espantado, exclamó:

—¡Maldito loco! ¿Cómo puedes tú tener ojos? ¡Ojos… ojos!

Enseguida, Coppola apartó los barómetros y empezó a sacar del enorme bolsillo de su levita lentes y gafas que iba dejando sobre la mesa.

—Gafas para la nariz. Esos son mis ojos: ¡ojos bonitos!

Y, mientras hablaba, seguía sacando más y más gafas, tantas que comenzaron a brillar y a lanzar destellos sobre la mesa.

Miles de ojos centelleaban y miraban fijamente a Nataniel; pero él no podía apartar la vista de la mesa, y Coppola continuaba sacando gafas, hasta que aquellas miradas encendidas parecieron disparar rayos sangrientos contra el pecho de Nataniel.

Este, sobrecogido, gritó:

—¡Basta, hombre maldito!

Y lo agarró del brazo justo cuando Coppola hundía de nuevo la mano en el bolsillo para sacar más, aunque la mesa ya estaba cubierta.

Coppola se soltó con suavidad, forzando una sonrisa, y dijo:

—Ah, no son para usted… pero aquí tengo buenos prismáticos.

Recogió las lentes y, en vez de ellas, sacó del mismo bolsillo prismáticos de todos los tamaños.

Cuando por fin guardó todas las gafas, Nataniel se calmó. Y, al acordarse de Clara, comprendió que el fantasma horrible solo estaba dentro de él: Coppola era un mecánico y óptico habilidoso, no el doble del maldito Coppelius. Además, aquellas lentes no tenían nada de sobrenatural. Nataniel decidió entonces, para compensar su comportamiento, comprarle algo. Escogió unos prismáticos pequeños, muy bien hechos, y, para probarlos, miró por la ventana.

Nunca había usado unos prismáticos con los que los objetos se vieran con tanta nitidez. Sin pensarlo, dirigió la mirada hacia el cuarto de Spalanzani. Olimpia estaba sentada, como siempre, ante la mesita, con los brazos apoyados y las manos cruzadas. Por primera vez Nataniel pudo contemplar la belleza de su rostro. Solo los ojos le parecieron rígidos, casi muertos. Sin embargo, cuanto más miraba, más le parecía que aquellos ojos despedían un húmedo resplandor lunar. Creyó que ella lo veía por primera vez y que su mirada se volvía cada vez más viva.

Nataniel permaneció hechizado junto a la ventana, absorto en la belleza de Olimpia…

Un ligero carraspeo lo despertó como de un sueño. Coppola estaba detrás de él:

—Tre zechini. Tres ducados.

Nataniel, que había olvidado por completo al óptico, se apresuró a pagar.

—¿Verdad que son buenos prismáticos? ¡Muy buenos prismáticos! —decía Coppola con su voz repugnante y su sonrisa odiosa.

—Sí, sí —respondió Nataniel, incómodo—. Adiós.

Coppola salió, no sin lanzarle una mirada de reojo. Nataniel lo oyó reír a carcajadas mientras bajaba la escalera.

—Seguro —pensó— se ríe de mí porque pagué más de lo que valen.

Al decirlo en voz baja, le pareció oír en la habitación un suspiro profundo y se quedó helado. Enseguida comprendió que había suspirado él mismo.

«Clara tenía razón —se dijo— al considerarme un visionario. Pero lo absurdo, lo incomprensible, es que la idea de haber pagado de más por los prismáticos me cause este terror. No entiendo por qué».

Se sentó otra vez para terminar la carta a Clara; pero una sola mirada hacia la ventana le mostró que Olimpia seguía allí, sentada. Y entonces, empujado por una fuerza irresistible, tomó los prismáticos y ya no pudo apartarse de la mirada seductora de Olimpia, hasta que su amigo Segismundo vino a buscarlo para ir a la clase del profesor Spalanzani.

Desde ese día, la cortina de la puerta de cristal quedó completamente corrida. Nataniel ya no podía ver a Olimpia, y durante los dos días siguientes tampoco la vio en su habitación, aunque apenas se alejaba de la ventana y miraba sin descanso a través de los prismáticos.

Al tercer día, la ventana estaba cerrada.

Lleno de desesperación, poseído por un delirio de deseo, salió de la ciudad. La imagen de Olimpia flotaba ante él: aparecía en cada arbusto, lo miraba desde el riachuelo con ojos radiantes. El recuerdo de Clara se había borrado. Solo pensaba en Olimpia, y gemía y sollozaba:

—Estrella de mi amor, ¿por qué te alzas para desaparecer de pronto y dejarme en una noche oscura y sin salida?

Cuando Nataniel volvió, vio una gran agitación en la casa de Spalanzani. Las puertas estaban abiertas, y varios hombres sacaban muebles. Las ventanas del primer piso también estaban abiertas; criadas iban y venían, mientras carpinteros y tapiceros martillaban por toda la casa.

Nataniel, asombrado, se detuvo en mitad de la calle. Segismundo se le acercó sonriente y dijo:

—¿Qué te parece nuestro viejo Spalanzani?

Nataniel respondió que no podía opinar, porque no sabía nada, y que le sorprendía ver aquella casa —antes silenciosa y sombría— envuelta en tanto movimiento. Segismundo le explicó que al día siguiente Spalanzani daría una gran fiesta con concierto y baile, y que estaba invitada media universidad. Se decía que presentaría por fin a su hija Olimpia, a quien había mantenido oculta con extremo celo.

Nataniel encontró una invitación. Con el corazón desbocado, a la hora indicada fue a casa del profesor, cuando ya empezaban a llegar carruajes y las luces resplandecían en los salones adornados.

La reunión era numerosa y brillante.

Olimpia apareció ricamente vestida, con un gusto impecable. Todos admiraron la perfección de su rostro y de su figura. La leve inclinación de sus hombros parecía deberse a la estrechez de su cintura, fina como la de una avispa. Su manera de andar tenía algo medido y rígido. A muchos les desagradó, y lo atribuyeron a la timidez de verse rodeada de tanta gente.

Empezó el concierto. Olimpia tocó el piano con una destreza extraordinaria, y cantó un aria con una voz tan clara y penetrante que parecía el sonido de una campana de cristal.

Nataniel estaba fascinado. Se hallaba en una de las últimas filas y el brillo de los candelabros le impedía ver con precisión el rostro de Olimpia. Sin ser visto, sacó los lentes de Coppola y miró a Olimpia.

¡Ah! Entonces sintió las miradas ardientes que ella le dirigía, y le pareció que con cada nota lo atravesaba una mirada de amor. Las notas brillantes le sonaban como el lamento celestial de un corazón enamorado; y cuando por fin la cadencia del largo trino llenó la sala, creyó sentir un brazo de fuego rodeándolo. Extasiado, no pudo contenerse y exclamó en voz alta:

—¡Olimpia!

Todos lo miraron. Algunos rieron. El organista de la catedral frunció el ceño y dijo, sin más:

—Bueno, bueno.

Terminó el concierto y comenzó el baile.

«Bailar con ella… bailar con ella», era su único deseo. Pero ¿cómo atreverse a invitar a la reina de la fiesta?

Sin saber cómo, se encontró frente a Olimpia. Nadie la había sacado aún. Cuando comenzó el baile, y tras balbucear unas palabras, tomó su mano. La mano de Olimpia estaba helada, y a él lo atravesó un frío mortal. La miró a los ojos, que irradiaban amor y deseo, y entonces le pareció que un pulso suave despertaba en aquella mano fría, y que una sangre ardiente empezaba a correr por sus venas. También Nataniel sintió dentro de sí un fuego de placer. Rodeó la cintura de Olimpia y atravesó con ella la multitud.

Creía bailar con soltura, pero la regularidad mecánica con que Olimpia se movía —y que a veces lo obligaba a detenerse— le hizo notar que él mismo no seguía bien el compás. No quiso bailar con ninguna otra mujer, y habría matado a cualquiera que se acercara a Olimpia para pedirle una danza.

Si Nataniel hubiera visto algo más que a Olimpia, no habría podido evitar una pelea: murmullos burlones y risas apenas contenidas corrían entre los grupos de jóvenes, que miraban a Olimpia con curiosidad, sin que se supiera por qué.

Excitado por el baile y por el vino, Nataniel perdió su timidez. Sentado junto a Olimpia, con la mano de ella entre las suyas, le habló de su amor exaltado con palabras tan delirantes que nadie —ni él ni Olimpia— habría podido entender. O quizá Olimpia sí, pues lo miraba fijo y, de vez en cuando, suspiraba:

—Ah… ah… ah…

Y Nataniel respondía:

—¡Oh, mujer celestial, criatura divina, luz prometida en la otra vida, alma profunda en la que mi ser se contempla…!

Pero Olimpia solo suspiraba y repetía:

—Ah… ah…

El profesor Spalanzani pasó varias veces junto a los enamorados y les sonrió, satisfecho.

Aunque Nataniel vivía en otro mundo, le pareció que de pronto la casa se oscurecía. Miró alrededor y vio, espantado, que las dos últimas velas se consumían y estaban a punto de apagarse. Hacía rato que el baile y la música habían terminado.

—¡Separarnos, separarnos! —exclamó Nataniel, furioso y desesperado.

Besó la mano de Olimpia y se inclinó hacia su boca; sus labios ardientes tocaron los suyos, helados. Se estremeció, como cuando sintió por primera vez aquella mano fría, y le vino a la memoria la leyenda de la novia muerta. Pero, al abrazar y besar a Olimpia, sus labios parecieron cobrar el calor de la vida.

Spalanzani cruzó lentamente la sala vacía; sus pasos sonaban huecos, y su figura, rodeada de sombras vacilantes, tenía algo fantasmal.

—¿Me amas? ¿Me amas, Olimpia? ¡Una palabra! —murmuró Nataniel.

Olimpia se levantó y solo suspiró:

—Ah… ah…

—¡Sí, estrella de mi amor! —dijo Nataniel—. ¡Tú serás la luz de mi alma para siempre!

—Ah… ah… —respondió Olimpia, alejándose.

Nataniel la siguió, y se detuvieron ante el profesor.

—Veo que lo ha pasado muy bien con mi hija —dijo Spalanzani, sonriendo—. Si le apetece conversar con esta muchacha tímida, su visita será bien recibida.

Nataniel se marchó con el cielo en el corazón.

Al día siguiente, la fiesta de Spalanzani fue tema de conversación. Aunque el profesor se había esforzado por hacerla espléndida, abundaron las críticas, sobre todo contra Olimpia, tan hermosa como rígida y muda. A pesar de su belleza, muchos la consideraron completamente tonta, y pensaron que esa era la razón por la que Spalanzani la había mantenido oculta tanto tiempo.

Nataniel escuchó aquellos comentarios con rabia, pero calló: estaba convencido de que esos miserables no merecían que se les demostrara que era su propia torpeza la que les impedía reconocer la belleza del alma de Olimpia.

—Dime, por favor, amigo —le dijo un día Segismundo—, dime, ¿cómo es posible que una persona sensata como tú se haya enamorado del rostro de cera de una muñeca?

Nataniel iba a responder furioso, pero se contuvo y contestó:

—Dime, Segismundo: ¿cómo es posible que los encantos celestiales de Olimpia hayan pasado inadvertidos a tus ojos? Pero agradezco al destino no tenerte como rival, porque uno de los dos habría tenido que morir a manos del otro.

Segismundo comprendió el estado de su amigo y desvió la conversación, diciendo que en cuestiones de amor era difícil juzgar. Luego añadió:

—Es muy extraño que casi todos la hayamos visto igual. Olimpia nos ha parecido —no te enfades, amigo— rígida y sin alma. Su figura es proporcionada, y su rostro también; podría ser hermosa si su mirada no careciera de vida, quiero decir, de visión. Su paso es extrañamente rítmico, y cada uno de sus movimientos parece guiado por un mecanismo. Su canto y su manera de tocar tienen un ritmo regular e incómodo que recuerda una máquina; y lo mismo ocurre cuando baila. Olimpia nos inquieta: no queremos tratar con ella, porque parece un ser vivo y, sin embargo, da la impresión de pertenecer a otra naturaleza.

Nataniel no quiso dejarse arrastrar por la amargura que le provocaron las palabras de Segismundo. Hizo un esfuerzo y respondió, muy serio:

—Para ustedes, almas frías y prosaicas, Olimpia resulta inquietante. Solo a un poeta se le revela un ser semejante. Solo a mí se han dirigido su mirada de amor y sus pensamientos; solo en el amor de Olimpia he vuelto a encontrarme a mí mismo. A ustedes les molesta que Olimpia no participe en conversaciones vulgares, como hace la gente superficial. Habla poco, es verdad; pero esas pocas palabras son para mí como jeroglíficos de un mundo interior lleno de amor y de conocimiento de la vida espiritual en la contemplación de la eternidad. Ya sé que para ustedes esto no significa nada, y es inútil hablarlo.

—Que Dios te proteja, hermano —dijo Segismundo con dulzura, casi con dolor—, pero creo que vas por mal camino. Cuenta conmigo si todo… No, no quiero decir nada más.

Nataniel comprendió de pronto que el "frío" Segismundo acababa de mostrarle una lealtad sincera y le estrechó con emoción la mano que le tendía.

Había olvidado por completo que existía una Clara en el mundo, a la que había amado; su madre, Lotario, todos habían desaparecido de su memoria. Vivía únicamente para Olimpia, junto a quien pasaba cada día largas horas, hablándole de su amor, de la afinidad de las almas y de las correspondencias secretas del espíritu. Olimpia lo escuchaba, al parecer, con atención.

Nataniel sacó de lo más hondo de su escritorio todo lo que había escrito: poemas, fantasías, visiones, novelas, cuentos. A eso se sumaron sonetos disparatados, estrofas y canciones que le leía a Olimpia durante horas, sin cansarse. Jamás había tenido una oyente tan admirable. No cosía ni tejía, no miraba por la ventana, no alimentaba pájaros, no jugaba con un perrito ni con un gato, no recortaba papeles ni hacía nada parecido; en una palabra, se quedaba inmóvil durante horas, con los ojos clavados en él, y su mirada parecía cada vez más brillante. Solo cuando Nataniel, al terminar, le tomaba la mano para besarla, ella decía:

—¡Ah! ¡Ah!

Y luego:

—Buenas noches, amor mío.

—¡Alma sensible y profunda! —exclamaba Nataniel en su habitación—. ¡Solo tú me comprendes!

Se estremecía de felicidad al pensar en las afinidades intelectuales que, según él, crecían día a día. Le parecía oír la voz de Olimpia dentro de sí, como si ella hablara en sus escritos. Tenía que ser así, pues Olimpia nunca dijo otras palabras que las ya citadas. Pero cuando, en momentos de lucidez —por ejemplo, al despertar y en ayunas— recordaba la pasividad y el mutismo de Olimpia, se decía:

—¿Qué son las palabras? ¡Palabras! La mirada celestial de sus ojos dice más que todas las lenguas. ¿Puede una criatura del cielo encerrarse en el círculo estrecho de nuestro modo de expresarnos?

El profesor Spalanzani parecía ver con agrado las relaciones de su hija con Nataniel, y lo colmaba de atenciones. Así que, cuando él se atrevió a insinuar un matrimonio, el profesor, sonriendo, dijo que dejaría a su hija elegir libremente.

Animado por esas palabras y con el corazón encendido, Nataniel decidió pedirle al día siguiente que le dijera con palabras lo que sus miradas le habían prometido desde hacía tiempo: que sería suya para siempre. Buscó el anillo que su madre le había dado al despedirse para ofrecérselo como símbolo de unión eterna.

Las cartas de Clara y de Lotario cayeron en sus manos; las apartó con indiferencia. Encontró el anillo, se lo guardó, y corrió otra vez hacia Olimpia.

Al subir la escalera y llegar al vestíbulo, oyó un estrépito enorme que venía del estudio de Spalanzani. Se oían pasos, crujidos, golpes contra la puerta, mezclados con maldiciones y juramentos:

—¡Suelta! ¡Suelta de una vez!

—¡Infame!

—¡Miserable!

—¿Para esto he sacrificado mi vida? ¡Este no era el trato!

—¡Yo hice los ojos!

—¡Y yo los engranajes!

—¡Maldito relojero!

—¡Largo de aquí, Satanás!

—¡Fuera de aquí, bestia infernal!

Eran las voces de Spalanzani y del horrible Coppelius, mezclándose y retumbando. Nataniel, helado de miedo, irrumpió en la habitación.

El profesor sujetaba un cuerpo de mujer por los hombros, y el italiano Coppola tiraba de los pies, forcejeando con furia para arrebatárselo. Nataniel retrocedió horrorizado al reconocer el rostro de Olimpia. Lleno de cólera, quiso arrancar a su amada de aquellas manos. Pero, de pronto, Coppola —con fuerza de gigante— logró apoderarse de ella, y al mismo tiempo descargó un golpe brutal sobre el profesor, que cayó sobre una mesa llena de frascos, cilindros y alambiques; todo se rompió en mil pedazos.

Coppola se echó el cuerpo al hombro y bajó a toda prisa la escalera, soltando una carcajada espantosa. Los pies de Olimpia golpeaban los escalones con un sonido seco, como de madera.

Nataniel se quedó inmóvil. Había visto que el rostro pálido y ceroso de Olimpia no tenía ojos y que, en su lugar, había dos cavidades negras: era una muñeca sin vida.

Spalanzani yacía en el suelo, entre cristales rotos que lo habían herido en la cabeza, el pecho y un brazo. Sangraba mucho. Reuniendo fuerzas, dijo:

—¡Corre tras él! ¡Corre! ¿A qué esperas? ¡Coppelius me ha robado mi mejor autómata! ¡Veinte años de trabajo! ¡He sacrificado mi vida! Los engranajes, la voz, el paso, eran míos; los ojos… ¡te robé los ojos, maldito! ¡Corre tras él! ¡Devuélveme a mi Olimpia! ¡Aquí tienes los ojos!

Entonces Nataniel vio en el suelo un par de ojos ensangrentados que lo miraban fijamente. Spalanzani los recogió y se los arrojó al pecho.

El delirio se apoderó de Nataniel. Con los sentidos trastornados, gritaba:

—¡Fuego… fuego! ¡Círculo de fuego! ¡Gira, círculo de fuego! ¡Muñequita de madera, gira! ¡Qué divertido!

Y, lanzándose sobre el profesor, lo agarró del cuello. Habría llegado a estrangularlo, pero el ruido atrajo a varias personas, que entraron, lo separaron y lo ataron, salvando así al profesor. Segismundo, aunque era fuerte, apenas podía sujetar a su amigo, que seguía gritando con voz espantosa:

—¡Gira, muñequita de madera!

Mientras lanzaba puñetazos al aire.

Al final, entre varios lograron dominarlo. Sus alaridos seguían retumbando como un rugido salvaje, y así, en pleno delirio, lo condujeron al manicomio.

Antes de continuar, amable lector, diré —puesto que te interesará— que Spalanzani se recuperó por completo de sus heridas. Sin embargo, tuvo que abandonar la universidad, porque el caso de Nataniel causó un escándalo enorme, y en todas partes se consideró intolerable que hubiera presentado en tertulias —donde además tuvo cierto éxito— a una muñeca de madera.

Los juristas encontraban el engaño tanto más grave cuanto que se había dirigido contra el público y con tal astucia que nadie —salvo algunos estudiantes muy agudos— sospechó nada, aunque después todos aseguraron haberlo intuido. Para algunos, incluso, resultaba sospechoso que Olimpia estornudara más de lo que bostezaba, lo cual "no era normal". Según esos críticos, aquello se debía al mecanismo interior, que crujía de otra manera, etcétera.

El profesor de poesía y elocuencia tomó una pizca de rapé y dijo alegremente:

—Damas y caballeros: no ven el fondo del asunto. Todo ha sido una alegoría, una metáfora sostenida. ¿Entienden? ¡A buen entendedor, pocas palabras!

Pero muchas personas respetables no quedaron conformes con esa explicación. El asunto del autómata las impresionó de tal modo que se extendió una desconfianza profunda hacia las figuras humanas.

Muchos enamorados, para asegurarse de que su amada no era una muñeca, la obligaban a bailar y cantar sin seguir el compás, a coser o tejer mientras les escuchaba leer, a jugar con el perro… y, sobre todo, a no limitarse a escuchar, sino también a hablar, para que se notaran su sensibilidad y su pensamiento. En algunos casos, el amor se hizo más fuerte; en otros, aquello causó rupturas.

—Así no se puede seguir —decían todos.

En las tertulias se bostezaba de manera exagerada, y nadie estornudaba, por miedo a despertar sospechas.

Como hemos dicho, Spalanzani huyó para evitar una investigación por haber engañado a la sociedad con un autómata. Coppola también desapareció.

Un día, Nataniel despertó como de un sueño largo y oscuro. Abrió los ojos y lo invadió un bienestar inmenso, como un calor celestial. Estaba acostado en su habitación, en la casa paterna.

Clara se inclinaba sobre él; a su lado estaban su madre y Lotario.

—¡Por fin, por fin, querido Nataniel! Te has curado de una grave enfermedad. ¡Vuelves a ser mío!

Así hablaba Clara, llena de ternura, abrazando a Nataniel, que murmuró entre lágrimas:

—¡Clara… mi Clara!

Segismundo, que no había abandonado a su amigo, entró en la habitación. Nataniel le estrechó la mano:

—Hermano, no me has dejado solo.

No quedaba rastro de locura. Y muy pronto, los cuidados de su madre, de su amada y de sus amigos le devolvieron las fuerzas.

La felicidad volvió a aquella casa: un tío viejo, de quien casi nadie se acordaba, había muerto y dejó a la madre una gran propiedad cerca de la ciudad. Toda la familia pensaba mudarse allí: la madre, Lotario, y Nataniel y Clara, que planeaban casarse.

Nataniel estaba más amable que nunca. Había recuperado la ingenuidad de su niñez y valoraba el alma pura de Clara. Nadie le mencionaba el pasado, ni siquiera de forma indirecta.

Solo cuando Segismundo fue a despedirse, Nataniel le dijo:

—Dios sabe, hermano, que iba por mal camino. Pero un ángel me llevó a tiempo hacia la luz. Ese ángel fue Clara.

Segismundo no le permitió seguir hablando, temiendo que volviera a hundirse en pensamientos dolorosos.

Llegó el día en que los cuatro, felices, iban a partir hacia la casa de campo. Durante la mañana hicieron compras en el centro de la ciudad. La alta torre del ayuntamiento proyectaba su sombra gigantesca sobre el mercado.

—Subamos a la torre para contemplar las montañas —dijo Clara.

Dicho y hecho. Nataniel y Clara subieron; la madre volvió a casa con la criada, y Lotario, sin ganas de subir tantos escalones, prefirió esperar abajo.

Al poco rato, los dos enamorados, cogidos del brazo, estaban en la galería más alta de la torre, contemplando la espesura de los bosques; detrás de ellos se alzaba la cordillera azul, como una ciudad de gigantes.

—¿Ves esos arbustos que parecen acercarse? —preguntó Clara.

Nataniel, casi sin pensarlo, metió la mano en el bolsillo y sacó los prismáticos de Coppola. En cuanto se los llevó a los ojos, la imagen de Clara se le clavó en la mirada. El pulso le golpeó con violencia en las venas; pálido como un muerto, se quedó mirándola fijamente. Sus ojos lanzaban chispas y empezó a rugir como un animal; luego dio saltos, riéndose a carcajadas:

—¡Gira, muñequita de madera, gira!

Y, sujetando a Clara, intentó arrojarla desde la galería. Pero ella, desesperada, se aferró a la barandilla.

Lotario oyó la risa del demente y los gritos de Clara. Un presentimiento terrible lo sacudió y corrió escaleras arriba. La puerta de la segunda escalera estaba cerrada. Los gritos de Clara se hicieron más agudos y, ciego de rabia y terror, Lotario embistió la puerta hasta que cedió. La voz de Clara se debilitaba:

—¡Socorro… sálvenme… sálvenme!

—¡Ese loco va a matarla! —exclamó Lotario.

También la puerta de la galería estaba cerrada. La desesperación le dio fuerzas: la arrancó de los goznes.

¡Dios del cielo! Nataniel sostenía a Clara en el aire; ella aún se agarraba con una mano a la barandilla. Lotario se lanzó y se apoderó de su hermana con la rapidez de un rayo. Golpeó a Nataniel en el rostro, obligándolo a soltarla, y bajó las escaleras con Clara desmayada en los brazos.

Estaba a salvo.

Arriba, Nataniel corría y saltaba por la galería, gritando:

—¡Círculo de fuego, gira… gira, círculo de fuego!

La multitud acudió al oír aquellos alaridos. Entre la gente destacaba, por su altura, el abogado Coppelius, que acababa de llegar a la ciudad y estaba en el mercado. Cuando alguien propuso subir para reducir al insensato, Coppelius dijo, riéndose:

—No hace falta. Ya bajará solo.

Y siguió mirando hacia arriba, como los demás.

De pronto, Nataniel se quedó inmóvil y clavó la vista hacia abajo. Al distinguir a Coppelius, lanzó un grito agudo:

—¡Ah, hermosos ojos… hermosos ojos!

Y se arrojó al vacío.

Cuando Nataniel quedó tendido sobre las losas, con la cabeza destrozada, Coppelius desapareció.

Dicen que, años después, alguien vio a Clara en una región apartada, sentada junto a su esposo, feliz, frente a una hermosa casa de campo. A su lado jugaban dos niños encantadores. Y podría concluirse que Clara encontró por fin la felicidad tranquila y doméstica que correspondía a su carácter dulce y alegre, y que nunca habría conocido junto al fogoso y exaltado Nataniel.

HISTORIAS DE FANTASMAS

Cipriano se puso de pie y empezó a pasear, según costumbre, siempre que su ser estaba embargado por algo muy importante y trataba de expresarse ordenadamente, y recorrió la habitación de un extremo a otro.

Los amigos se sonrieron en silencio. Se podía leer en sus miradas: «¡Qué cosas tan fantásticas vamos a oír!» Cipriano se sentó y empezó así:

—Ya saben que hace algún tiempo, después de la última campaña, me hallaba en las posesiones del Coronel de P... El Coronel era un hombre alegre y jovial, así como su esposa era la tranquilidad y la ingenuidad en persona.

Mientras yo permanecía allí, el hijo se encontraba en la armada, de modo que la familia se componía del matrimonio, de dos hijas y de una francesa que desempeñaba el cargo de una especie de gobernanta, no obstante estar las jóvenes fuera de la edad de ser gobernadas. La mayor era tan alegre y tan viva que rayaba en el desenfreno, no carente de espíritu; pero apenas podía dar cinco pasos sin danzar tres contradanzas, así como en la conversación saltaba de un tema a otro, infatigable en su actividad. Yo mismo presencié cómo en el espacio de diez minutos hizo punto... leyó..., cantó..., bailó, y que en un momento lloró por el pobre primo que había quedado en el campo de batalla y aún con lágrimas en los ojos prorrumpió en una sonora carcajada, cuando la francesa echó sin querer la dosis de rapé en el hocico del faldero, que al punto comenzó a estornudar, y la vieja a lamentarse: «Ah, che fatalità! Ah carino, poverino!» Acostumbraba a hablar al susodicho faldero sólo en italiano, pues era oriundo de Padua.

Por lo demás, la señorita era la rubia más encantadora que podía imaginarse, y en todos sus extraños caprichos dominaba la amabilidad y la gracia, de manera que ejercía una fascinación irresistible, como sin querer. La hermana más joven, que se llamaba Adelgunda, ofrecía el ejemplo contrario. En vano trato de buscar palabras para expresarles el efecto maravilloso que causó en mí esta criatura la primera vez que la vi. Imaginen la figura más bella y el semblante más hermoso. Aunque una palidez mortal cubría sus mejillas, y su cuerpo se movía suavemente, despacio, con acompasado andar, y cuando una palabra apenas musitada salía de sus labios entreabiertos y resonaba en el amplio salón, se sentía uno estremecido por un miedo fantasmal.

Pronto me sobrepuse a esta sensación de terror, y como pudiese entablar conversación con esta muchacha tan reservada, llegué a la conclusión de que lo raro y lo fantasmagórico de su figura sólo residía en su aspecto, que no dejaba traslucir lo más mínimo de su interior. De lo poco que habló la joven se dejaba traslucir una dulce feminidad, un gran sentido común y un carácter amable. No había huella de tensión alguna, así como la sonrisa dolorosa y la mirada empañada de lágrimas no eran síntoma de ninguna enfermedad física que pudiera influir en el carácter de esta delicada criatura.

Me resultó muy chocante que toda la familia, incluso la vieja francesa, parecían inquietarse en cuanto la joven hablaba con alguien, y trataban de interrumpir la conversación, y, a veces, de manera muy forzada. Lo más raro era que, en cuanto daban las ocho de la noche, la joven primero era advertida por la francesa y luego por su madre, por su hermana y por su padre, para que se retirase a su habitación, igual que se envía a un niño a la cama, para que no se canse, deseándole que duerma bien. La francesa la acompañaba, de modo que ambas nunca estaban a la cena que se servía a las nueve en punto.

La Coronela, dándose cuenta de mi asombro, se anticipó a mis preguntas, advirtiéndome que Adelgunda estaba delicada, y que sobre todo al atardecer y a eso de las nueve se veía atacada de fiebre y que el médico había dictaminado que hacia esta hora, indefectiblemente, fuera a reposar.

Yo sospeché que había otros motivos, aunque no tenía la menor idea. Hasta hoy no he sabido la relación horrible de cosas y acontecimientos que destruyó de un modo tan tremendo el círculo feliz de esta pequeña familia.

Adelgunda era la más alegre y la más juvenil criatura que darse pueda. Se celebraba su catorce cumpleaños, y fueron invitadas una serie de compañeras suyas de juego. Estaban sentadas en un bello bosquecillo del jardín del palacio y bromeaban y se reían, ajenas a que iba oscureciendo cada vez más, a que las escondidas brisas de julio comenzaban a soplar y que se acababa la diversión. En la mágica penumbra del atardecer empezaron a bailar extrañas danzas, tratando de fingirse elfos y ágiles duendes: «Óiganme -gritó Adelgunda, cuando acabó por hacerse de noche en el boscaje-, óiganme, niñas, ahora voy a aparecerme como la mujer vestida de blanco, de la que nos ha contado tantas cosas el viejo jardinero que murió. Pero tienen que venir conmigo hasta el final del jardín, donde está el muro.» Nada más decir esto, se envolvió en su chal blanco y se deslizó ligerísima a través del follaje, y las niñas echaron a correr detrás de ella, riéndose y bromeando. Pero, apenas hubo llegado Adelgunda al arco medio caído se quedó petrificada y todos sus miembros paralizados. El reloj del palacio tocó las nueve: «¿No ven -exclamó Adelgunda con el tono apagado y cavernoso del mayor espanto-, no ven nada…, la figura… que está delante de mí? ¡Jesús! Extiende la mano hacia mí… ¿no la ven?»

Las niñas no veían lo más mínimo, pero todas se quedaron sobrecogidas por el miedo y el terror. Echaron a correr, hasta que una que parecía la más valiente saltó hacia Adelgunda y trató de cogerla en sus brazos. Pero en el mismo instante Adelgunda se desplomó como muerta. A los gritos despavoridos de las niñas, todos los del palacio salieron apresuradamente. Cogieron a Adelgunda y la metieron dentro. Despertó al fin de su desmayo y refirió temblando que, apenas entró bajo el arco, vio ante ella una figura aérea, envuelta como en niebla, que le alargaba la mano.

Como es natural, se atribuyó la aparición a la extraña confusión que produce la luz del anochecer. Adelgunda se recobró la misma noche, de tal modo, que no se temieron consecuencias algunas, y se dio el asunto por terminado. ¡Y, sin embargo, qué diferente fue! A la noche siguiente, apenas dieron las nueve campanadas, Adelgunda, presa de terror, en mitad de los amigos que la rodeaban, empezó a gritar: «¡Ahí está, ahí está! ¿No la ven? ¡Ahí está, enfrente de mí!»

Baste saber que desde aquella desgraciada noche, apenas sonaban las nueve, Adelgunda volvía a afirmar que la figura estaba delante de ella y permanecía algunos segundos, sin que nadie pudiese ver lo más mínimo, o por alguna sensación psíquica pudiese percibir la proximidad de un desconocido principio espiritual.

La pobre Adelgunda fue tenida por loca, y la familia se avergonzó, por un extraño absurdo, del estado de la hija, de la hermana. De ahí aquel raro proceder, al que ya he hecho alusión. No faltaron médicos ni medios para librar a la pobre niña de una idea fija, que así llamaban a la aparición, pero todo fue en vano, hasta que ella pidió, entre abundantes lágrimas, que la dejasen, pues la figura que se le aparecía con rasgos inciertos e irreconocibles, no tenía nada de terrorífico, y no le producía ya miedo; incluso tras cada aparición tenía la sensación de que en su interior se despojase de ideas y flotase como incorpórea, debido a lo cual padecía gran cansancio y se sentía enferma. Finalmente, la Coronela trabó conocimiento con un célebre médico, que estaba en el apogeo de su fama, por curar a los locos de manera sumamente artera (mediante ardides muy ingeniosos). Cuando la Coronela le confesó lo que le sucedía a la pobre Adelgunda, el médico se rió mucho y afirmó que no había nada más fácil que curar esta clase de locura, que tenía su base en una imaginación sobreexcitada. La idea de la aparición del fantasma estaba unida al toque de las nueve campanadas, de forma que la fuerza interior del espíritu no podía separarlo, y se trataba de romper desde fuera esta unión. Esto era muy fácil, engañando a la joven con el tiempo y dejando que transcurriesen las nueve, sin que ella se enterase. Si el fantasma no aparecía, ella misma se daría cuenta de que era una alucinación y, posteriormente, mediante medios físicos fortalecedores, se lograría la curación completa.

¡Se llevó a efecto el desdichado consejo! Aquella noche se atrasaron una hora todos los relojes del palacio, incluso el reloj cuyas campanadas resonaban sordamente, para que Adelgunda, cuando se levantase al día siguiente, se equivocase en una hora. Llegó la noche. La pequeña familia, como de costumbre, se hallaba reunida en un cuartito alegremente adornado, sin la compañía de extraños. La Coronela procuraba contar algo divertido, el Coronel empezaba, según costumbre cuando estaba de buen humor, a gastar bromas a la vieja francesa, ayudado por Augusta, la mayor de las señoritas. Todos reían y estaban alegres como nunca.

El reloj de pared dio las ocho (y eran las nueve) y, pálida como la muerte, casi se desvaneció Adelgunda en su butaca... ¡la labor cayó de sus manos! Se levantó, entonces, el tenor reflejado en su semblante, y mirando fijamente el espacio vacío de la habitación, murmuró apagadamente con voz cavernosa: «¿Cómo? ¿Una hora antes? ¡Ah! ¿No lo ven? ¿No lo ven? ¡Está frente a mí, justo frente a mí!» Todos se estremecieron de horror, pero como nadie viese nada, gritó la Coronela: «¡Adelgunda! ¡Repórtate! No es nada, es un fantasma de tu mente, un juego de tu imaginación, que te engaña, no vemos nada, absolutamente nada. Si hubiera una figura ante ti, ¿acaso no la veríamos nosotros?... ¡Repórtate, Adelgunda, repórtate!» «¡Oh, Dios...! ¡Oh, Dios mío - suspiró Adelgunda-, van a volverme loca! ¡Miren, extiende hacia mí el brazo, se acerca... y me hace señas!» Y como inconsciente, con la mirada fija e inmóvil, Adelgunda se volvió, cogió un plato pequeño que por casualidad estaba en la mesa, lo levantó en el aire y lo dejó... y el plato, como transportado por una mano invisible, circuló lentamente en torno a los presentes y fue a depositarse de nuevo en la mesa.

La Coronela y Augusta sufrieron un profundo desmayo, al que siguió un ataque de nervios. El Coronel se rehízo, pero pudo verse en su aspecto trastornado el efecto profundo e intenso que le hizo aquel inexplicable fenómeno.

La vieja francesa, puesta de rodillas, con el rostro hacia tierra, rezando, quedó libre como Adelgunda, de todas las funestas consecuencias. Poco tiempo después la Coronela murió. Augusta se sobrepuso a la enfermedad, pero hubiera sido mejor que muriese antes de quedar en el estado actual. Ella, que era la juventud en persona, como ya les describí al principio, se sumió en un estado de locura tal que me parece todavía más horrible y espeluznante que aquellos que están dominados por una idea fija. Se imaginó que ella era aquel fantasma incorpóreo e invisible de Adelgunda, y rehuía a todos los seres humanos, o se escondía en cuanto alguien comenzaba a hablar o a moverse. Apenas se atrevía a respirar, pues creía firmemente que de aquel modo descubría su presencia y podía causar la muerte a cualquiera. Le abrían la puerta, le daban la comida, que escondía al tomarla, y así, ocultamente, hacía con todo. ¿Puede darse algo más penoso?

El Coronel, desesperado y furioso, se alistó en la nueva campana de guerra. Murió en la batalla victoriosa de W... Es notable, muy notable, que desde aquella noche fatal, Adelgunda quedó libre del fantasma. Se dedica por entero a cuidar a su hermana enferma, y la vieja francesa la ayuda en esta tarea. Según me ha dicho hoy Silvestre, el tío de las pobres niñas, acaba de llegar para consultar con nuestro buen R... acerca del método curativo que debe emplearse con Augusta. ¡Quiera el Cielo facilitar esta improbable curación!

Cipriano calló y también los amigos permanecieron en silencio. Finalmente, Lotario exclamó: «¡Esta sí que es una condenada historia de fantasmas! ¡Pero no puedo negar que estoy temblando, a pesar de que todo el asunto del plato volante me parece infantil y de mal gusto!» «No tanto -interrumpió Ottomar-, no tanto, ¡querido Lotario! Bien sabes lo que pienso acerca de las historias de fantasmas, bien sabes que estoy en contra de todos los visionarios.»

LA VENTANA DE MI PRIMO

A mi pobre primo le pasa lo mismo que al conocido Scarron. Al igual que él, mi primo tampoco puede valerse de sus pies a causa de una enfermedad persistente. Así, con ayuda de una muleta firme y del brazo vigoroso de un inválido huraño, a quien le gusta hacer de enfermero, mi primo va de la cama al sillón acolchado y del sillón a la cama.

Pero mi primo tiene algo más en común con aquel francés que, dotado de un humor superior al del ingenio francés común, ocupa un lugar indiscutible en la literatura de su país, a pesar de lo escaso de su obra. Al igual que Scarron, mi primo también escribe, y posee un espíritu notablemente vivaz y un humor extraordinario y singular.

Sin embargo, por el buen nombre del escritor alemán, conviene señalar que jamás ha considerado necesario sazonar sus pequeños platos picantes con asafétida para hacer cosquillas al paladar de sus lectores alemanes, a quienes, por cierto, no les apetece en absoluto. Le basta el condimento noble, el que alimenta al mismo tiempo que da buen sabor. La gente lee con gusto lo que él escribe; se dice que es bueno y entretenido. Yo de eso no entiendo nada.

Yo me complacía con la conversación amena de mi primo y prefería escucharlo antes que leer sus libros. Pero esa inclinación irresistible hacia el arte de escribir ha traído para mi primo consecuencias nefastas.

La terrible enfermedad no logró detener el rápido rodar de su fantasía, que seguía trabajando dentro de él, creando siempre cosas nuevas. Así pues, solía contarme todo tipo de historias graciosas que ideaba a pesar de su inmenso dolor. Pero el demonio maligno de la enfermedad le había destruido el camino por el que el pensamiento debía pasar para quedar fijado en el papel. Apenas se proponía escribir algo, no solo los dedos fallaban en la tarea, sino que la idea misma desaparecía, se desvanecía. Así, mi primo cayó en la más negra melancolía.

—¡Prima! —me dijo una vez, con un tono de voz que me asustó—. Todo está terminado para mí. Se me ocurre que soy como aquel viejo pintor, trastornado por la locura, que pasaba los días ante un lienzo enmarcado, alabando ante quienes iban a visitarlo las incomparables bellezas del magnífico cuadro que acababa de pintar. ¡Se acabó, se acabó la vida activa y creadora que fluye de mí para tomar forma afuera y reconciliarse con el mundo! Mi espíritu se encierra en su celda.

Desde entonces, mi primo ya no se dejó ver por nadie. El viejo inválido huraño nos echaba desde la puerta, gruñendo y refunfuñando como un perro guardián.

Debo aclarar que mi primo vive en un piso bastante alto, en habitaciones bajas y pequeñas. Eso es típico de poetas y escritores. ¿Qué importa un techo bajo? La fantasía levanta vuelo de todos modos y se construye una cúpula alta y alegre que llega hasta el cielo azul. Así, la habitación estrecha del poeta es como aquel inmenso jardín de diez pies cuadrados encerrado entre cuatro paredes: no es ancho ni largo, pero tiene una altura considerable.

Además, la casa de mi primo está ubicada en la parte más bonita de la ciudad, frente a la gran feria, rodeada de construcciones suntuosas, y en cuyo centro brilla el magnífico edificio del teatro, de arquitectura genial. La casa de mi primo está justo en una esquina, y desde la ventana de un pequeño gabinete se abarca de un solo vistazo todo el espectáculo de la feria.

Y precisamente era día de feria cuando, abriéndome paso entre el gentío apretado, caminaba yo por la calle desde la que ya, de lejos, puede divisarse la ventana esquinera de mi primo. No me sorprendió poco ver en aquella ventana el conocido gorro rojo que él solía usar en otros tiempos; y, ya más cerca, pude observar también que llevaba una suntuosa bata de Varsovia y fumaba en su pipa turca de los domingos. Le hice señas con el brazo, con el pañuelo; logré que me viera y me saludó cordialmente. ¡Cuántas esperanzas!

Subí las escaleras con la rapidez de un rayo. El inválido me abrió la puerta. Su cara parecía por lo común un guante mojado, lleno de arrugas y apergaminado; pero algunos rayos de sol lo habían alisado un poco, transformándolo en una máscara más llevadera. Dijo que el señor estaba sentado en la mecedora y que se le podía hablar.

El cuarto estaba limpio, y en el biombo había pegado un cartel donde estaban escritas en grandes caracteres estas palabras:

«Et si male nunc, non olim sic erit».

Todo era señal de nuevas esperanzas y de fuerza renovada.

—¡Ah! —exclamó mi primo cuando entré al gabinete—. ¡Por fin llegas, primo! ¿Sabes? En verdad tenía ganas de verte. Pues, aunque te importen un bledo mis obras inmortales, de todos modos te aprecio mucho porque eres un espíritu vivaz con el que uno puede divertirse, aunque uno mismo no sea divertido.

Sentí que me ruborizaba al escuchar el sincero elogio de mi primo.

—Tú crees —continuó, sin prestar atención a mi bochorno— que estoy mejor, o incluso completamente restablecido. ¡De ningún modo! Mis piernas son vasallos desleales que se han rebelado contra la cabeza de su señor y no quieren saber nada del resto de mi estimado cadáver. Eso significa que no puedo moverme de mi sitio y me desplazo, con mucha gracia, de un lado a otro en esta silla de ruedas, mientras mi viejo inválido me silba las marchas más melodiosas de sus años de guerra, a modo de acompañamiento. Pero esta ventana es mi consuelo. Aquí volvió a revelarse para mí la vida más variada, y me he reconciliado con su trajín incesante. ¡Ven aquí, primo! Mira hacia afuera.

Me senté frente a mi primo en un pequeño taburete que cabía justo delante de la ventana. La vista era, en verdad, extraña y sorprendente. Toda la feria parecía una sola masa abigarrada de gente, y daba la impresión de que, si se arrojaba sobre ella una manzana, jamás podría llegar al suelo. Los colores más diversos resplandecían a la luz del sol, dispuestos como pequeñas manchas. Se me ocurría que todo era como un inmenso cantero de tulipanes mecidos por el viento, y para mis adentros tuve que admitir que el panorama era realmente bonito, aunque aburrido; si bien podía provocar cierto vértigo en personas excitadas, parecido a la agradable sensación que produce la cercanía del sueño. En eso residía para mí el placer que le procuraba a mi primo aquella ventana, y se lo hice saber abiertamente.

Pero mi primo se llevó las manos a la cabeza, y entre nosotros se dio este diálogo:

MI PRIMO: ¡Primo, primo! Ahora veo con claridad que en ti no arde ni la más mínima chispa de talento literario. Te falta el requisito principal para poder seguir alguna vez los pasos de tu digno primo inválido: un ojo que de verdad mire. Esa feria no te ofrece nada más que el espectáculo de una muchedumbre colorida y caótica que se mueve sin sentido. ¡Ja, ja, amigo! Para mí se despliega allá el escenario más variado de la vida burguesa, y mi espíritu —como un audaz Callot o un moderno Chodowiecki— hace un boceto tras otro, cuyos trazos a menudo son bastante atrevidos. ¡Ánimo, primo! Voy a ver si consigo enseñarte, por lo menos, los rudimentos del arte de mirar. Mira hacia abajo, a la calle. Aquí tienes mi lente. ¿Ves a esa mujer de atuendo un poco extravagante, con una enorme canasta en el brazo, que, en animado diálogo con el vendedor de cepillos, parece estar cerrando tratos domésticos de toda clase?

YO: Ya la he visto. Tiene un pañuelo de un estridente color limón, atado a la cabeza como un turbante, y su rostro, lo mismo que toda su persona, indican claramente que es francesa. Posiblemente se quedó después de la última guerra y está haciendo su agosto aquí.

MI PRIMO: No está mal. Seguro que el hombre le debe una buena ganancia a alguna rama de la industria francesa, y con eso su mujer podrá llenar la canasta con los mejores productos. Ahora se mete entre el gentío. Trata de seguir su recorrido sin perderla de vista; el pañuelo amarillo te servirá de guía.

YO: ¡Ah! ¡Cómo parte en dos a la masa ese punto amarillo encendido! Ahora está cerca de la iglesia, ahora está comprando algo en los puestos… se fue… ¡oh!, la he perdido… no… allá atrás aparece de nuevo, en el puesto de aves; toma un ganso desplumado, lo toca con mano experta.

MI PRIMO: ¡Bien! Fijar la vista es requisito indispensable para percibir bien. Pero, en vez de tratar de enseñarte de forma aburrida un arte que es casi imposible aprender, déjame mostrarte un montón de cosas divertidas que ocurren ante nuestros ojos. ¿Ves a esa mujer que, allá en la esquina, se abre paso con los codos, aunque la congestión no es muy grande?

YO: ¡Qué figura tan estrafalaria! Un sombrero de seda que, con su informalidad caprichosa, desafía cualquier dictado de la moda: las plumas de colores se mecen al viento… una túnica corta de seda cuya tonalidad se ha apagado con el tiempo; encima, un chal bastante decente; el borde del vestido amarillo le llega hasta los tobillos; medias azul amarronadas; botines. Y detrás de ella, una criada elegante con dos canastas, una red de pescar y una bolsa de harina… ¡Dios me ampare! ¡Qué miradas furibundas lanza aquella mujer! ¡Con qué rabia se mete por donde hay más gente! ¡Cómo lo toca todo: verdura, fruta, carne! ¡Cómo mira, mete la mano, discute y no compra nada!

MI PRIMO: A esa mujer, que nunca falta en los días de feria, la he bautizado "el ama de casa furibunda". Me imagino que ha de ser hija de un burgués rico, quizá de algún conocido jabonero, y que un pequeño secretario privado ha conquistado su mano —y sus anexos— no sin esfuerzo. El cielo no la dotó de gracia ni de belleza, pero, según dicen los vecinos, era la muchacha más hogareña y ahorrativa de todo Berlín.

Y en verdad, ahorra y hace economías a diario de manera tan espantosa que el pobre secretario vive consternado y él mismo quisiera irse al demonio. A toda hora resuena con timbales y trompetas toda la música de las compras, los encargos, las reventas y las múltiples necesidades de la casa; de modo que la economía doméstica del secretario es como un mecanismo de relojería que toca sin parar una sinfonía enloquecida, compuesta por el mismo diablo. Más o menos cada cuarto día de feria llegan nuevas "tríadas". ¡Al que entiende, le basta! Mira… pero ¡oh, oh!, ese grupo que se está formando merecería ser inmortalizado por el lápiz de un Hogarth. ¡Mira, primo, hacia la tercera entrada del teatro!

YO: Un par de viejas sentadas en sillitas bajas, con todos sus trastos extendidos ante ellas, en un cesto voluminoso… una vende trapos de colores, mercadería para engañar ojos simples, y la otra tiene un arsenal de zoquetes azules y grises, lana para tejer, etc. Se acercan una a la otra, se susurran algo al oído. Una toma una tacita de café; la otra, absorta en la conversación, parece haber olvidado la ginebra que estaba por beber. ¡Dos fisonomías realmente llamativas! ¡Qué manera de gesticular con esos brazos flacos y huesudos!

MI PRIMO: Esas dos mujeres siempre se sientan juntas y, aunque sus mercancías no compiten —y por tanto no deberían envidiarse—, hasta hoy se han mirado siempre con malos ojos. Y si no me falla mi experiencia en fisonomías, se han lanzado mutuamente indirectas maliciosas y sarcásticas. ¡Oh, mira, mira, primo! Cada vez están más unidas. La que vende trapos comparte una tacita de café con la que vende medias. ¿Qué significa eso? ¡Ya lo sé! Hace pocos minutos se acercó a la canasta, traída por los trapos de colores, una muchachita de no más de dieciocho años, linda como la luz del sol, cuyo aspecto y modales dejaban ver educación y una pobreza pudorosa. Había visto un pañuelo blanco, con un borde de colores, que quizá le hacía falta. Regateó un poco; la vieja puso en juego todas las artes de la astucia mercantil mientras extendía el pañuelo y dejaba que los colores brillaran al sol. Llegaron a un acuerdo. Pero cuando la pobre sacó las pocas monedas —envueltas en un pañuelito—, el dinero no le alcanzaba. Con las mejillas encendidas y lágrimas en los ojos, la muchacha se alejó tan rápido como pudo, mientras la vieja, con una carcajada burlona, doblaba otra vez el pañuelo y lo guardaba en la canasta. En ese episodio debieron de cruzarse frases notables. Pero la otra bruja conoce a la muchacha y sabe contar la triste historia de una familia empobrecida como si fuera una crónica de frivolidades y quizá también de delitos, para divertir a la tendera engañada. Seguramente esta le paga con una taza de café alguna calumnia grosera.

YO: En todo lo que dices, querido primo, puede que no haya ni una pizca de verdad; pero cuando miro a las dos mujeres, todo me resulta tan verosímil gracias a tu descripción, que tengo que creerlo, me guste o no.

MI PRIMO: Antes de alejarnos de los muros del teatro, echemos todavía un vistazo a aquella mujer gorda y cordial, de mejillas rebosantes de salud, que, con calma estoica, está sentada en una sillita de paja, con las manos metidas bajo el delantal; y que sobre lienzos blancos tiene extendida una gran variedad de cucharas, cuchillos y tenedores bruñidos, loza fina, platos y soperas de porcelana de forma algo anticuada, tazas de té, cafeteras, tejidos y quién sabe cuántas cosas más, de modo que sus mercancías —probablemente reunidas en pequeñas subastas— forman un verdadero orbis pictus. Ella escucha las ofertas del comprador sin un gesto, como si le diera igual vender o no. Vende al mejor postor y saca la mano de debajo del delantal para tomar el dinero del cliente, que se sirve por sí mismo lo que ha comprado y se lo lleva. Es una vendedora paciente y sensata, con buenas perspectivas. Hace cuatro semanas, todo lo que tenía para vender era, más o menos, media docena de medias finas de algodón y la misma cantidad de vasos. Cada vez que llega la feria, su negocio crece, y el hecho de que no se traiga una silla mejor y siga, como siempre, con las manos bajo el delantal, indica que tiene un espíritu prudente y que no se vuelve soberbia por su buena fortuna.

No sé por qué se me ocurre de pronto una idea tan burlona. Ahora mismo pienso que un diablillo malicioso se ha acurrucado bajo la silla de la vendedora —como el que, en una estampa de Hogarth, se esconde bajo la silla de una beata— y, envidioso de su buena fortuna, le serrucha con disimulo y perfidia las patas. ¡Plum! La vendedora cae sobre sus vasos y porcelanas, y se acabó el negocio. Eso sí sería una quiebra literal.

YO: En verdad, querido primo, ya me has enseñado a observar mejor. Mientras dejo que mi mirada se deslice por entre el hormigueo colorido de la gente, me saltan a la vista, una y otra vez, jóvenes muchachas que, acompañadas de cocineras pulcramente vestidas con canastos amplios y relucientes, recorren la feria haciendo compras. Su atuendo a la moda, todo su aspecto, no deja lugar a dudas: pertenecen, por lo menos, a lo más distinguido de la burguesía. ¿Qué hacen ellas en la feria?

MI PRIMO: La explicación es sencilla. Desde hace algunos años se ha vuelto costumbre que incluso las hijas de los funcionarios más altos vayan a la feria para aprender en la práctica lo que, dentro de la economía doméstica, se refiere a la compra de provisiones.

YO: Es, sin duda, una costumbre loable, que seguramente traerá beneficios en la conducción del hogar.

MI PRIMO: ¿Te parece? Yo opino lo contrario. ¿Qué otra finalidad puede tener hacer las compras uno mismo, sino comprobar la calidad de la mercancía y conocer los precios reales de los productos? Las cualidades, el aspecto y las características de una buena verdura, de un buen trozo de carne, etc., se aprenden a distinguir de otro modo. Y el ahorro de esos pocos centavos —que ni siquiera es tal, porque la cocinera acompañante suele ponerse de acuerdo en secreto con los vendedores— no compensa en absoluto las desventajas que puede traer la visita a la feria.

Jamás expondría, por unos pocos centavos, a mi hija al riesgo de escuchar alguna grosería, o de tener que soportar, metida entre la gente vulgar, la respuesta indecente de alguna mujer o de algún tipo ordinario. Y luego, en lo que respecta a las miradas y maniobras de ciertos jovenzuelos que suspiran de amor —ya sea a caballo y con capas azules, o a pie con chaquetas amarillas de cuello negro—, la feria es...

Pero mira, primo, ¡mira! ¿Qué te parece la muchacha que viene por allí, cerca de la bomba de agua, acompañada de una cocinera ya mayor? ¡Toma mi lente, primo, toma mi lente!

YO: ¡Ah! ¡Qué criatura! La gracia y la gentileza hechas persona, pero baja los ojos, como avergonzada. Cada paso que da es vacilante, temeroso; se mantiene tímida junto a su acompañante, que empuja a la gente para abrirle paso. La sigo con la mirada: la cocinera se detiene ante los cajones de verduras, regatea, empuja a la muchacha para que se acerque; ella, mirando hacia otro lado, saca rápido el dinero de su bolsita y paga, aliviada de terminar pronto con el asunto.

No se me va a escapar: lleva un chal rojo... Parece que no encuentran lo que buscan; por fin, por fin se detienen ante el puesto de una mujer que vende verduras frescas en bonitos canastos. Toda la atención de la deliciosa criatura se concentra en un canasto lleno de hermosas coliflores; ella misma elige una y se la coloca a la cocinera en la cesta...

¡¿Qué?! ¡Qué atrevida! Sin más, la cocinera saca la col del canasto, la devuelve al cajón de la verdulera y escoge otra, mientras sacude con fuerza la cabeza, adornada con una cofia, diciendo que no, y deja claro que reprende a la muchacha, que por primera vez había querido elegir algo por su cuenta.

MI PRIMO: ¿Qué crees que puede sentir esa niña, a quien quieren imponerle una tarea doméstica totalmente opuesta a sus tiernas inclinaciones? Conozco a esa niña encantadora: es hija de un alto consejero de Hacienda; una criatura natural, libre de toda afectación, animada por un auténtico sentido femenino y dotada de esa inteligencia siempre despierta, y del tacto delicado que caracteriza a las mujeres de ese tipo.

¡Ah, primo! A esto lo llamo yo una feliz coincidencia. Ahí viene, doblando la esquina, la contraparte exacta de aquella imagen. ¿Qué te parece esta muchacha, primo?

YO: ¡Ah, qué figura esbelta y encantadora! Joven, ágil; mira a todo el mundo con ojos resueltos, despreocupados. En su cielo siempre brilla el sol; en su aire, siempre suenan melodías alegres. ¡Cómo se abre paso con audacia, sin ninguna timidez, entre la masa abigarrada de gente!

La criada que la sigue con la canasta no parece mayor que ella, y entre ambas reina cierta cordialidad. La señorita luce bonitos vestidos; el chal es de última moda; el sombrero combina con todo su arreglo matinal, igual que el vestido, de corte muy favorecedor... Todo muy bonito y muy correcto.

¡Oh! ¿Qué veo? La señorita lleva zapatos blancos de seda... ¡Zapatillas de baile en la feria! Y cuanto más la observo, más noto algo muy particular que no sabría definir. Sí: al parecer compra con ferviente interés; elige y vuelve a elegir, regatea, conversa, gesticula... todo con una vitalidad que roza la excitación; pero se me ocurre que busca algo más que provisiones.

MI PRIMO: ¡Bravo, bravo, primo! Tu mirada se va afinando, según veo. Mira: pese a su atuendo a la moda y la ligereza de sus movimientos, las zapatillas de baile en la feria deberían haberte revelado que esa jovencita pertenece al cuerpo de baile, o al menos al teatro. Lo que está buscando es algo que quizá pronto descubriremos.

¡Ah! Eso es. Mira la calle, querido primo, un poco hacia la derecha, y dime a quién ves en la acera, delante del hotel, donde casi no hay gente.

YO: Veo a un joven alto y flaco, con una chaqueta amarilla corta, de cuello negro y botones bruñidos. Lleva una pequeña gorra roja con bordados de plata; por debajo asoman bonitos rizos negros, casi demasiado abundantes. Un bigote negro, corto, subraya la expresión de su semblante pálido, de facciones finas y masculinas.

Lleva un portafolios bajo el brazo —sin duda, un estudiante camino al colegio—, pero se ha quedado ahí como petrificado, con la mirada inmóvil, fija en la feria, y parece haber olvidado el colegio y todo lo que lo rodea.

MI PRIMO: Así es, querido primo: todo su pensamiento está pendiente de nuestra pequeña actriz. El momento ha llegado. Se acerca al puesto de frutas, donde se exhiben las mercancías más apetitosas, y pregunta por frutas que, casualmente, no hay. Es imposible que una mesa bien servida carezca de frutas. Así que nuestra pequeña comediante debe terminar sus compras del almuerzo en la frutería.

Una manzana redonda, de rojas mejillas, se le escapa con picardía de entre los deditos: el de amarillo se inclina, la recoge… Una leve y graciosa reverencia de la pequeña hada del teatro y la conversación queda iniciada. Consejos mutuos y ayuda en la difícil elección de naranjas completan el encuentro; y la relación, seguramente ya iniciada antes, se confirma al instante con una deliciosa cita que, sin duda, se repetirá y variará de mil maneras.

YO: ¡Que el estudiante siga cortejando y eligiendo naranjas! No me interesa en absoluto, y menos aún cuando, en la esquina del teatro, donde vende sus flores la florista, ha vuelto a aparecer aquella criatura angelical: la hija del consejero de Hacienda.

MI PRIMO: No me gusta nada mirar hacia el lado de las flores, querido primo, y por una razón muy especial. La vendedora —que por lo general tiene los ramos más hermosos de claveles, rosas y otras flores menos conocidas— es una muchacha muy bonita y amable que aspira a cultivar su espíritu. En cuanto tiene un momento libre, lee con avidez libros que, por su encuadernación, pertenecen al "ejército literario" de Kralowski, que difunde, victorioso, la luz de la educación espiritual hasta los últimos rincones de la ciudad.

Una florista lectora es un espectáculo irresistible para un escritor ameno. Así fue que, un día, hace muchísimo tiempo, al pasar frente a su puesto —donde vende flores todos los días, y no solamente cuando hay feria—, me detuve sorprendido al verla leer. Estaba sentada entre un denso follaje de geranios en flor, con un libro abierto sobre la falda, sosteniendo la cabeza entre las manos. En ese instante, el héroe debía de estar en evidente peligro, o al menos en un momento culminante de la acción, porque las mejillas de la muchacha ardían y sus labios temblaban; parecía completamente aislada del mundo.

Primo, voy a confesarte sin rodeos la singular debilidad de un escritor: me quedé como pegado al sitio; iba de un lado a otro. ¿Qué estará leyendo la muchacha? Esa idea no me dejaba en paz. Mi espíritu de escritor se conmovió y me hacía cosquillas pensar que tal vez era una obra mía la que la transportaba al mundo fantástico de mis ensoñaciones.

Por fin me armé de valor, me acerqué y le pregunté cuánto costaba un ramo de claveles que estaba algo apartado. Mientras ella iba a buscarlo, dije:

—¿Qué lee usted, señorita? —y tomé el libro que ella había dejado.

¡Oh, cielos! Era, en efecto, una obrita mía…

La muchacha trajo las flores y me dijo el precio. ¿Qué flores ni qué ramo? En aquel momento, la muchacha era para mí un público mucho más valioso que todo el mundo elegante de la ciudad. Agitado, conmovido por los más dulces sentimientos de autor, le pregunté, con aparente indiferencia, qué opinaba del libro.

—¡Ah, mi estimado señor! —replicó—. Es un libro muy gracioso. Al principio uno se confunde un poco, pero después es como si estuviera adentro.

Para mi sorpresa, la muchacha me relató el cuento con tal claridad que era evidente que lo había leído varias veces. Volvió a decir que era un libro muy gracioso: que a veces la había hecho reír mucho y otras le había dado ganas de llorar. Me aconsejó que, si yo no lo había leído todavía, fuera esa tarde a buscarlo a lo del señor Kralowski, porque justamente ella iba a devolverlo.

Entonces debía llegar el golpe de efecto. Con la mirada baja, con una voz dulcísima, con la sonrisa radiante del autor colmado de gozo, le susurré:

—Aquí, dulce criatura: aquí está el autor del libro que tanto la divierte, ante usted, en carne y hueso.

La muchacha abrió grandes los ojos y se quedó mirándome muda, con la boca entreabierta. Interpreté eso como asombro inmenso, como alegre sobresalto ante la aparición repentina, entre geranios, del genio sublime que había creado aquella obra. Quizá —pensé, al ver que no cambiaba su expresión— no cree en la feliz casualidad que ha traído a su lado al famoso autor.

Procuré entonces probarle por todos los medios que el autor del cuento y yo éramos la misma persona, pero era como si se hubiera quedado petrificada, y de sus labios no salía más que:

—Mm… ah… o sea que… ¿cómo?

¡Cómo podría describirte lo humillado que me sentí en aquel momento! Resulta que a la muchacha jamás se le había ocurrido que los libros debían ser escritos. La idea misma de escritor, de poeta, le era absolutamente desconocida; y, en verdad, creo que, de haber preguntado un poco más, habría revelado la ingenua creencia de que los libros "aparecen" como los hongos.

Totalmente abatido, volví a preguntarle cuánto costaban los claveles. Entretanto, debió de ocurrírsele alguna idea confusa sobre cómo se hacen los libros, porque, mientras yo contaba el dinero, me preguntó con toda candidez si yo hacía todos los libros "en lo del señor Kralowski". Me fui de ahí con mis claveles más rápido que una flecha.

YO: ¡Primo, primo! A eso lo llamo yo una maldita vanidad de autor. Pero mientras me contabas tu trágica historia, yo no quitaba los ojos de mi adorada criatura. Solo en el puesto de las flores el insolente demonio cocinero la dejó elegir con libertad. La huraña institutriz de la cocina había apoyado la pesada canasta en el suelo y se entregaba, junto a otras tres colegas, al placer inefable de la conversación, cruzando a veces los brazos gordos o poniéndose en jarras, según lo exigiera la "retórica" del diálogo, y creo con total seguridad que debía de ser muy sabroso.

Mira qué hermoso ramillete ha elegido aquel ángel adorable; lo hace llevar por un chico robusto. ¿¡Qué!? No, no, eso ya no me gusta tanto: va comiendo cerezas que saca de la canastita. ¿Cómo se concilia el delicado paño de batista —que seguro lleva por dentro— con la jugosa fruta?

MI PRIMO: Al apetito juvenil del momento no le importan las manchas de cereza, que se pueden quitar con oxalato de potasa y otros remedios caseros muy eficaces. Y justamente esa libertad recuperada, ese soltarse cuando se libra de los tormentos de la feria, es expresión de su naturalidad infantil.

Pero desde hace rato observo a aquel hombre que para mí es un enigma: el que está apoyado contra la segunda bomba de agua, junto al coche desde el que una campesina vende mermelada barata de ciruelas, que saca de una enorme barrica. Antes, primo, fíjate en la agilidad de la mujer, que, armada con una larga cuchara de madera, atiende primero las ventas grandes —de libra, media libra y cuarto— y recién después reparte, con velocidad de rayo, a los golosos que le tienden sus cucuruchos, y alguno que otro hasta la gorra, esa cucharada que saborean al instante como si fuera el mejor desayuno. ¡Caviar del pueblo!

Al verla repartir la mermelada con su cuchara de madera, me viene a la memoria algo que oí de niño: que en una boda de campesinos ricos todo fue tan espléndido que el arroz con leche, espolvoreado con azúcar, canela y clavo de olor, se repartió con un rastrillo. Los comensales solo tenían que abrir la boca para recibir su porción, y todo marchaba como en el país de Jauja.

Pero, primo, ¿ya viste al hombre del que te hablaba?

YO: ¡Por supuesto! ¿Quién demonios será ese personaje tan extraño? Un hombre de por lo menos seis pies de alto, flaco como un espárrago, y para colmo ahí está plantado, rígido como una estaca, ¡y con una joroba! Debajo de un sombrerito de tres picos aplastado asoma una escarapela; de ahí cae una red que luego se pega a la espalda y se abre.

La capa gris, de corte anticuado, se ajusta al cuerpo sin un solo pliegue, cerrada por delante, de arriba abajo, con botones; y recién cuando el hombre empezó a caminar junto al carro noté que lleva pantalones y medias negras, y enormes hebillas de metal en los zapatos. ¿Qué habrá en esa caja cuadrada que lleva con tanto cuidado bajo el brazo izquierdo y que tanto se parece al cajón de un ropavejero?

MI PRIMO: Enseguida lo sabrás; obsérvalo atentamente.

YO: Abre la caja… el sol brilla dentro… destellos luminosos… la caja está forrada de metal… Se quita el sombrero y se inclina casi con reverencia ante la mujer de la mermelada… Qué rostro tan original y expresivo: labios finos y apretados; nariz aguileña; grandes ojos oscuros; cejas espesas y muy arqueadas; frente amplia; cabello negro; un mechón en forma de corazón, con rizos almidonados sobre las orejas…

Le tiende la caja a la campesina, que se la llena sin más de mermelada y se la devuelve con un saludo amable… Tras inclinarse de nuevo ante la mujer, el hombre se aleja… Se dirige al barril de los arenques… abre una gaveta de su caja, introduce algunos pescados que compró y vuelve a cerrarla… Un tercer compartimiento está destinado al perejil y un cuarto a las especias, según veo.

Ahora atraviesa la feria en distintas direcciones con un andar solemne, hasta que lo detiene el abundante surtido de aves desplumadas expuestas sobre un mostrador. También aquí hace unas cuantas reverencias antes de empezar las compras; conversa largo y tendido con la mujer, que lo escucha amablemente; apoya con cuidado su caja en el suelo y toma dos patos que mete, con toda tranquilidad, en el bolsillo.

¡Cielos! También un ganso… (al pavo solo le echa miradas amorosas, pero no puede evitar acariciarlo con el índice y el mayor). Luego levanta rápido su caja, saluda a la mujer inclinándose con excesiva cortesía y se aleja, apartándose con violencia del objeto que despierta su avidez.

Ahora va directo hacia los puestos de carne. ¿Será un cocinero que debe preparar un banquete? Compra una pierna de ternera, que también va a parar al bolsillo. Por fin termina sus compras. Toma ahora la Charlottenstrasse con un aire tan solemne y extraño que parece un hombre llegado de un país lejano.

MI PRIMO: Ya me he quebrado bastante la cabeza con este personaje. ¿Qué te parece mi hipótesis, primo? Es un viejo profesor de dibujo que se ganó la vida dando clase en escuelas mediocres, y quizá aún lo haga. Hizo una buena fortuna con toda clase de empresas ingeniosas. Es avaro, desconfiado, espantosamente cínico y solterón. Solo venera a un dios: el estómago.

Todo su placer consiste en comer bien; eso sí: solo, en su cuarto. No tiene servidumbre. Él mismo hace las compras. En los días de feria, como has podido comprobar, adquiere provisiones para cuatro días, y él mismo se prepara la comida en la cocinita pegada a su cuartucho; luego devora todo con un apetito casi salvaje, ya que con su método el cocinero siempre acierta con los gustos del señor.

También habrás observado, querido primo, con qué habilidad adaptó una vieja caja de dibujo, convirtiéndola en canasta para hacer las compras.

YO: ¡Fuera con ese hombre repugnante!

MI PRIMO: ¿Por qué repugnante? También tiene que haber tipos así —dice un hombre con mucha experiencia—, y no le falta razón, porque la variedad nunca es lo bastante variada. Pero si tanto te disgusta, querido primo, puedo proponerte otra hipótesis sobre quién es y qué hace.

Cuatro franceses, parisienses para más señas —un profesor de lengua, uno de esgrima, uno de danza y un pastelero—, llegaron a Berlín por la misma época, en su juventud, e hicieron aquí su buena fortuna, como era de esperarse (al revés de lo que ocurría a fines del siglo pasado). Desde el momento en que se conocieron en el coche que los llevaba a Berlín, los cuatro se hicieron íntimos amigos, inseparables; y después de cada jornada se reunían por las noches como verdaderos viejos franceses: cenaban frugalmente y conversaban animadamente.

Con los años, al profesor de baile se le entumecieron las piernas; el de esgrima perdió vigor en los brazos; el profesor de lengua fue desplazado por rivales que presumían el dialecto más moderno de París; y las ingeniosas creaciones del pastelero quedaron atrás frente a confiteros más jóvenes, formados por gastrónomos extravagantes.

Entretanto, cada miembro del cuarteto había amasado su fortuna. Entonces los cuatro se mudaron a una casa amplia, muy bonita aunque algo apartada. Abandonaron sus ocupaciones y vivieron fieles a la antigua costumbre francesa: entretenidos y sin problemas, porque supieron evitar con habilidad las preocupaciones de aquellos tiempos difíciles.

Cada uno cumple una tarea con la que beneficia y deleita a la comunidad: el profesor de baile y el de esgrima visitan a sus antiguos alumnos —oficiales ya retirados, chambelanes y altos funcionarios de la corte— y así recogen las novedades del día para tener siempre tema de conversación. El profesor de lengua recorre tiendas de antigüedades y rescata cada vez más obras francesas, de aquellas cuya lengua y estilo aplaudió la Academia.

El pastelero se ocupa de la cocina: él mismo hace las compras y prepara la comida, tarea en la que lo ayuda un viejo criado francés. Además, los platos los lava un muchacho rubicundo que los cuatro recogieron en el Orphelins Français cuando murió la vieja francesa desdentada que, de institutriz, había acabado como fregona. Allá va el muchacho llevando en un brazo un canasto con panecillos y en el otro lleno de lechuga.

Así, he transformado al desagradable profesor alemán de dibujo en un simpático pastelero francés, y creo que esta nueva personalidad le queda mucho mejor.

YO: Esta invención honra tu talento literario, querido primo. Pero desde hace ya algunos minutos me llaman la atención aquellas grandes plumas que sobresalen por encima del gentío. Por fin aparece la persona entera, cerca de la bomba de agua: una mujer alta y delgada, de aspecto agradable. El abrigo de pesada seda color rosa es llamativo; el sombrero, de última moda; el lazo que lo adorna, de hermosas puntillas; los guantes, de cabritilla blanca.

¿Qué habrá llevado a una dama tan elegante —posiblemente invitada a un almuerzo— a meterse entre la gente de la feria? ¿Cómo? ¿También ella está haciendo compras?

Se detiene y le hace señas a una vieja sucia y harapienta —viva imagen de la miseria— que la sigue renqueando con dificultad, con un canasto medio destartalado en el brazo. La dama elegante le hace señas en la esquina del teatro, para darle una limosna al soldado ciego que está allí, contra el muro. Se quita con dificultad el guante de la mano derecha. ¡Dios santo! Asoma un puño rojo que aún conserva forma masculina. Sin elegir mucho, la dama pone una moneda en la mano del ciego y se va rápido hasta el centro de la Charlottenstrasse. Allí empieza a caminar con paso majestuoso y, sin preocuparse ya por su mísera acompañante, avanza hacia los tilos.

MI PRIMO: La mujer ha dejado la canasta en el suelo para descansar. Con una sola mirada podrás ver todo lo que esa dama elegante ha comprado.

YO: Es, en verdad, bastante peculiar: un repollo, un montón de papas, algunas manzanas, un panecillo, arenques envueltos en papel, un queso de oveja nada apetitoso, un hígado de carnero, un pequeño rosal, un par de chinelas, un calzador… ¡qué diablos!

MI PRIMO: Basta, basta con la de rosa, primo. Observa atentamente al ciego al que la frívola hija de la perversión acaba de darle una limosna. ¿Hay una imagen más conmovedora del dolor humano inmerecido, de la resignación devota entregada a Dios y a la propia suerte?

Apoyado contra el muro del teatro, con las manos huesudas y flacas dobladas sobre un bastón colocado un paso delante de él para que los imprudentes no lo atropellen al pasar; el rostro de palidez cadavérica erguido; la gorra de reservista calada sobre los ojos. Allí permanece inmóvil en el mismo sitio desde temprano hasta que la feria termina.

YO: Pide limosna; y, sin embargo, los soldados ciegos, inválidos de guerra, gozan de atención especial.

MI PRIMO: Te equivocas. Ese pobre hombre es criado de una verdulera de las más pobres —porque las más acomodadas se hacen llevar la verdura en carros—. Este ciego trae cada mañana de feria los cajones llenos, como si fuera una bestia de carga, y viene tan cargado que el peso casi lo derriba. Apenas consigue mantenerse en pie y caminar con pasos vacilantes, ayudándose con el bastón.

La mujer grandota y robusta a la que sirve —o que quizá solo lo utiliza para que le cargue la verdura— apenas se molesta en tomarlo del brazo y ayudarlo a llegar hasta donde está ahora. Allí le quita los cajones de la espalda; ella misma se los lleva, y lo deja ahí parado sin preocuparse por él hasta que la feria termina. Entonces vuelve a cargarle los cajones vacíos o semivacíos.

YO: Es notable que a un ciego se lo reconozca de inmediato, aunque no tenga los ojos cerrados ni otra señal que revele su ceguera, por la postura erguida de la cabeza: tan peculiar, que parece mostrar un esfuerzo constante por ver algo en la noche que lo rodea.

MI PRIMO: Para mí no hay nada tan conmovedor como un ciego que, con la cabeza erguida, parece mirar a lo lejos. Para él ya cayó la última tarde de la vida; pero su ojo interior busca la luz eterna que brilla desde el más allá, lleno de fe y esperanza.

Pero me estoy poniendo demasiado serio. El reservista ciego me brinda, cada día de feria, un verdadero tesoro de observaciones. Notarás, querido primo, cuán claramente se expresa con este pobre hombre la compasión de los berlineses. A menudo pasan a su lado largas hileras de gente, y nadie deja de darle una limosna. Pero todo está en la manera de dársela. Observa un rato, querido primo, y cuéntame qué ves.

YO: Justamente vienen tres, cuatro, cinco criadas grandotas y rudas. Los canastos tan cargados casi les lastiman los brazos gruesos, un poco azulados; tienen motivo para apurarse, para librarse de tanto peso. Y, sin embargo, cada una se detiene un instante, mete la mano en la canasta y le pone al ciego una moneda en la mano, sin mirarlo siquiera. Ese gasto es inevitable y ya está incluido en el "presupuesto" del día de feria. Muy bien.

Ahí viene una mujer cuyo atuendo y aspecto indican claramente que es rica y vive bien. Se detiene ante el ciego, saca el monedero, busca y busca; ninguna moneda le parece lo bastante pequeña para el acto de caridad que se ha propuesto. Llama a la cocinera: resulta que también a ella se le acabaron los centavos. Tiene que pedir cambio a las verduleras. Por fin aparece la moneda para la dádiva.

Entonces le golpea la mano al ciego para que se dé cuenta de que le van a dar algo. Él abre la palma. La caritativa señora le pone la moneda y le cierra el puño para que no se le vaya a perder el espléndido regalo.

¿Por qué caminará aquella simpática niña de un lado a otro, dando pequeños saltitos, y acercándose cada vez más al ciego? ¡Ah! Le ha puesto una moneda en la mano con tal rapidez que seguramente nadie lo ha notado, salvo yo, que la tengo en el foco de la lente; seguro que no fue un simple centavo lo que le dio.

Ese hombre alegre y rollizo, con capa marrón, que viene caminando tan tranquilo, es seguramente un burgués rico. También él se planta delante del ciego y le habla largo y tendido, impidiendo que otras personas se acerquen a darle limosna. Por fin saca del bolsillo una gran bolsa verde de dinero, la desata no sin trabajo y hurga entre las monedas con tanto ímpetu que el ruido se oye hasta aquí. ¡Parieron los montes! Pero quiero creer que ese "noble amigo del hombre", conmovido por la miseria, termina sacando el último centavo.

Con todo, me parece que el ciego reúne bastante dinero los días de feria, y lo que me sorprende es que lo reciba todo sin dar la menor señal de agradecimiento. Solo un movimiento casi imperceptible de los labios indica que dice algo —debe de ser "gracias"—, pero eso solo de vez en cuando.

MI PRIMO: Ahí tienes la expresión más absoluta de resignación: ¿de qué le sirve al ciego el dinero? No puede usarlo. Solo en manos de otro, en quien debe depositar toda su confianza, cobra valor. Puede que me equivoque, pero me parece que la verdulera para la que carga los cajones es un mal bicho que maltrata al pobre ciego, y quizá sea ella quien se queda con todo lo que él recibe.

Cada vez, cuando vuelve con los cajones, riñe con el ciego y lo hace con mayor o menor dureza, según le haya ido en las ventas. El rostro mortalmente pálido del ciego, su aspecto demacrado y sus harapos hacen sospechar que su situación es miserable, y sería cosa de un filántropo activo investigar esta relación con más detalle.

YO: Al echar una mirada sobre toda la feria, veo que los carros de harina —que parecen carpas cubiertas con lonas— ofrecen un espectáculo pintoresco, porque le dan a la vista un "refugio" alrededor del cual el gentío se agrupa en conjuntos más definidos.

MI PRIMO: También conozco la contraparte de esos carros blancos de harina: los mozos del molino cubiertos de polvo y las muchachas de mejillas rosadas, cada una una bella molinera.

La verdad es que, con pena, echo de menos a una familia de carboneros que solía instalar su puesto junto al teatro, justo frente a mi ventana, y que ahora parece haber sido trasladada al otro lado. El conjunto lo forma un hombre grandote y robusto, de rostro expresivo y rasgos enérgicos; fuerte, casi brutal en sus movimientos: en fin, la imagen fiel de esos carboneros que suelen aparecer en las novelas. Te digo que, si me lo encontrara en un bosque solitario, me daría miedo, y nada valoraría tanto como una disposición amistosa de su parte.

A este hombre se contrapone, en violento contraste, un segundo miembro del grupo: un tipo de no más de cuatro pies de alto, con una curiosa joroba, que es la gracia en persona. Bien sabes, primo, que hay gente de aspecto tan singular que, a primera vista, uno nota que son jorobados, pero cuando los mira de cerca no sabe decir dónde está, exactamente, la joroba.

YO: Eso me recuerda la frase ingenua de un militar ocurrente que trató por negocios con un engendro de esos, y para quien aquella constitución caprichosa era un verdadero enigma: "Este tipo tiene una joroba; pero dónde la tiene, el diablo lo sabrá".

MI PRIMO: La naturaleza tenía pensado hacer de mi pequeño carbonero un hombrón de casi siete pies, a juzgar por sus manos y pies gigantescos: casi te diría los más grandes que he visto. Este hombrecito, vestido con una capa de cuello enorme, no para quieto: salta y va de un lado a otro con una agilidad inquietante. En un instante está aquí; al momento, allá. Se empeña en hacer el papel de galán de feria, el "primer amor" del barrio.

No deja pasar a una mujer —a menos que sea una aristócrata— sin seguirla y soltarle piropos que, sin duda, deben de ser del gusto carbonero, acompañados de gestos, movimientos y muecas inimitables. A veces lleva la galantería tan lejos que, mientras habla, pasa suavemente el brazo por la cintura de la muchacha y alaba —gorra en mano— su belleza, ofreciéndole sus servicios de caballero. Lo curioso es que las muchachas no solo lo permiten, sino que hasta lo celebran sonriendo; incluso parece que les gustan esas "galanterías".

Ese tipo tiene, sin duda, una buena dosis de gracia natural, un notable talento para lo cómico y la capacidad de mostrarlo. Es el payaso del barrio, el alborotador que manda donde mete bulla. Sin él no hay bautizos, ni bodas, ni bailes en la posada, ni banquetes. La gente se ríe con sus bromas y las recuerda durante todo el año.

El resto del grupo —pues las mujeres (si las hay) y los niños se quedan en casa— incluye además a dos mujeres de constitución robusta, de aspecto sombrío y huraño, acentuado por la carbonilla que se les pega a las arrugas del rostro. La fidelidad de un enorme perro lobo, con el que la familia comparte cada bocado durante la feria, me indica que en el puesto de los carboneros debe reinar un aire patriarcal y franco.

El chiquito tiene fuerza de gigante; por eso es el encargado de llevar a las casas de los compradores las bolsas de carbón vendidas. Muchas veces he visto cómo las mujeres le cargaban unas diez canastas grandes, apilándoselas en la espalda, y él se iba a grandes zancadas como si no pesaran. Visto desde atrás era lo más cómico imaginable: del muchacho no se veía nada; era solo un inmenso saco de carbón con patitas, como si un animal fabuloso —una especie de canguro fantástico— anduviera dando saltos por la feria.

YO: ¡Mira, mira, primo! Allá, junto a la iglesia, se está armando una pelea. Seguro que dos verduleras han chocado por el dichoso "lo mío y lo tuyo", y parece que se están lanzando insultos finísimos. La gente se amontona: un círculo compacto rodea a las dos mujeres. Las voces se vuelven cada vez más estridentes; manotean con más vehemencia y arremeten con más fuerza. En cualquier momento van a empezar a golpe limpio.

La policía intenta abrirse paso… ¡oh!; de pronto veo entre las dos furiosas un montón de gorras relucientes. Las madrinas logran apaciguar en un instante los ánimos. La pelea termina —sin ayuda de la policía—; las mujeres regresan tranquilas a sus cajones de verdura; la gente, que hasta hace un momento gritaba apoyando a una u otra, se dispersa.

MI PRIMO: ¿Te das cuenta, primo, de que esta fue la única pelea que vimos durante todo el tiempo que hemos estado junto a esta ventana, y que al final la sofocó el propio pueblo? Incluso una discusión seria y peligrosa es apagada por la gente de la feria, que se mete entre los contrincantes y los separa.

El otro día, entre los puestos de carne y fruta, se plantó un tipo grandote, andrajoso, de aspecto descarado y rudo, que de pronto empezó a provocar al peón de una carnicería. Sin más, sacó el garrote que llevaba a la espalda como un arma e intentó golpear al muchacho. Seguramente lo habría derribado allí mismo si el chico no lo hubiera esquivado con habilidad y se hubiera metido en la tienda.

Pero una vez dentro, el muchacho se armó con una gran cuchilla de carnicero y quiso lanzarse contra su agresor. Todo hacía pensar que aquello acabaría en asesinato y que tendría que intervenir la justicia. Sin embargo, las fruteras —mujeres robustas y bien alimentadas— se sintieron de pronto impulsadas a abrazar al peón con tanto "cariño" y tanta fuerza que el hombre no pudo moverse. Allí quedó, blandiendo su cuchilla, incapaz de actuar. Mientras tanto, otras mujeres —vendedoras de cepillos, de calzadores y de mil cosas— rodearon al otro sujeto y dieron tiempo a que llegara la policía, que se lo llevó. Un expresidiario, si no me equivoco.

YO: O sea que en el pueblo reina un sentido del orden y de su mantenimiento, que sin duda trae ventajas para todos.

MI PRIMO: Mis observaciones me han llevado a confirmar mi idea, querido primo, de que el pueblo berlinés ha evolucionado mucho desde aquella época desdichada en la que el enemigo invadió nuestra tierra, tratando en vano de someter un espíritu que pronto resurgió con fuerza renovada, como un resorte. En una palabra: el pueblo se ha civilizado.

Si algún hermoso día de verano vas a las orillas y miras a la gente que se embarca rumbo a Moabit, comprobarás que incluso las mujeres más vulgares y los jornaleros procuran ser corteses, y eso resulta agradable. A la masa le ha ocurrido lo mismo que al individuo que ha visto cosas nuevas y ha vivido experiencias distintas: con el "nada me asombra" se le suavizan las costumbres.

Antes, el pueblo de Berlín era rudo y brutal. Para un extranjero, por ejemplo, era casi imposible preguntar por una calle o una dirección sin recibir una burla, una grosería o una indicación falsa. Ese pillo berlinés que aprovechaba la menor ocasión —un traje llamativo, un accidente grotesco— para reírse con malicia, ya no existe.

Porque esos chicos vagabundos que venden cigarros en las puertas, que ofrecen el "Hamburguesito alegre con fuego", esos bellacos que terminan sus vidas en Spandau o en Straussberg, o como pasó hace poco con uno de ellos, en la horca, no son lo que era el auténtico pillo berlinés, que —curioso decirlo— no era vagabundo, sino aprendiz de un amo, y que aun con toda su impiedad y corrupción poseía cierto punto de honor y una gracia natural notable.

YO: Querido primo, déjame contarte en pocas palabras cómo el otro día me faltó al respeto uno de esos bellacos. Paso por delante de la Puerta de Brandeburgo y empiezan a seguirme y a importunarme unos carreteros de Charlottenburgo. Uno de ellos, un muchacho de dieciséis o diecisiete años, lleva la insolencia tan lejos que me agarra del brazo con su mano mugrienta.

—¡No me toque! —le digo, irritado.

—Pero, señor —me responde el muchacho con toda calma, clavándome una mirada hosca—, ¿por qué no voy a tocarlo? ¿Acaso no es usted una persona decente?

MI PRIMO: ¡Ja, ja, ja! Esa sí que es una broma, pero salida del pozo hediondo de la depravación. Los chistes de las fruteras berlinesas, entre otros, eran famosos en todo el mundo, y hasta se les hacía el honor de llamarlos "shakespearianos", sin pensar que, vistos de cerca, su fuerza consistía solo en el descaro con que servían la mugre más infame como si fueran platos exquisitos.

La feria era el campo de batalla de discusiones, riñas, estafas y robos; y ninguna mujer honesta se habría atrevido a hacer las compras sola sin exponerse a insultos y ultrajes. No era solo que los vendedores se atacaran entre sí y atacaran a cualquiera, sino que muchos venían expresamente a provocar peleas para sacar provecho del caos. Ese era el caso de la gentuza reunida de todas partes, que por entonces formaba los regimientos.

Mira, querido primo, cómo ahora, por el contrario, la feria ofrece el cuadro más ameno de bienestar y tranquilidad. Ya sé que los fanáticos severos y los ascetas "superpatrióticos" se irritan ante esta educación creciente de las costumbres del pueblo, porque creen que al pulirse se pierde lo popular. Yo, en cambio, estoy convencido de que un pueblo que trata con cortesía, tanto a compatriotas como a extranjeros, y no con rudeza o desprecio burlón, no pierde por eso su carácter.

Con un ejemplo muy evidente que demostrara la verdad de mi afirmación, quedaría yo muy mal, eso sí, ante estos fanáticos.

El gentío se había ido dispersando y la feria iba quedando vacía. Las verduleras cargaban sus cajones en los carros o se los llevaban por su cuenta —los carros de harina ya se marchaban—; las jardineras retiraban las flores sobrantes en grandes carretillas; la policía se ocupaba activamente de mantener el orden y, en especial, de dirigir el tránsito de los carros.

Ese orden no se habría alterado, de no ser porque a un muchacho campesino, algo soñador, se le ocurrió abrirse paso por la plaza como si descubriera su propio "pasaje de Bering", seguirlo con terquedad y orientar su intrépida carrera entre los puestos de fruta, directo hacia la puerta de la iglesia alemana. Aquello provocó gritos y molestias al conductor del carro, demasiado "genial" para el sentido común.

—Esta feria —dijo mi primo— es también una imagen fiel de la vida, siempre cambiante. Una actividad intensa, la necesidad del momento, reúne a la masa humana; en pocos instantes todo queda desierto. Las voces que se confundían en un estrépito caótico han enmudecido, y cada sitio abandonado expresa con demasiada claridad ese terrible "ya fue".

Un reloj dio la hora; el inválido huraño entró en la habitación y dijo, con el rostro contraído, que el señor podía abandonar ya la ventana y almorzar, porque de lo contrario la comida se enfriaría.

—¿Pero todavía tienes apetito, primo? —le pregunté.

—Oh, sí —me respondió con una sonrisa triste—. Ya verás.

El inválido lo llevó al comedor. La comida servida consistía en un sencillo plato hondo de caldo, un huevo pasado por agua y medio panecillo.

—Un solo bocado más —dijo mi primo en voz baja y lastimera, apretándome la mano—: el más mínimo trocito de carne tierna me provoca dolores terribles y me quita el ánimo y la última chispa de buen humor que, de vez en cuando, intenta encenderse en mí.

Al ver de nuevo la hoja sujeta al biombo, estreché a mi primo contra el pecho.

—Sí, primo —exclamó con una voz que me llegó hasta lo más hondo del alma, llenándola de una tristeza desgarradora—. Sí, primo:

«Et si male nunc, non olim sic erit».

¡Pobre primo!

LA MUJER VELADA

El día de San Miguel, justo cuando en las carmelitas llamaban a vísperas, un elegante carruaje, tirado por cuatro caballos de posta, cruzó estruendoso y rechinante las callejas de la pequeña ciudad fronteriza polaca de L., y se detuvo por fin ante el portal del anciano alcalde alemán. Los niños asomaron curiosos la cabeza por la ventana, pero la señora de la casa se levantó de su asiento y, mientras arrojaba de mal humor sobre la mesa su labor, le gritó al alcalde, que entraba presuroso desde la habitación contigua:

—Otra vez huéspedes que toman nuestra casa por una posada. Y todo por el emblema. ¿Por qué mandaste dorar la paloma de piedra de la puerta?

El anciano, sin responder, sonrió con astucia, como quien sabe más de lo que dice. En un instante se quitó el camisón y se puso el traje de gala, que desde su regreso de la iglesia permanecía bien cepillado sobre el respaldo del sofá. Antes de que su esposa, asombrada, pudiera abrir la boca para preguntar, él ya estaba, con el gorro de terciopelo bajo el brazo —de modo que su cabeza plateada brillaba en la penumbra—, ante el portón de carruajes que, entretanto, un criado había abierto.

Bajó del coche una mujer ya entrada en años, cubierta con abrigo de viaje, seguida de una joven alta cuyo rostro ocultaba un velo grueso. Esta última, apoyada en el brazo del alcalde, más que caminar vaciló hacia la casa y, apenas entró en la sala, cayó medio desvanecida en el sofá que la dueña, a una seña del anciano, había acercado con rapidez.

La mujer mayor dijo, apenada y en voz baja, al alcalde:

—La pobre niña… Debo quedarme unos momentos con ella.

Mientras hablaba, hizo ademán de quitarse el abrigo, con ayuda de la hija mayor del alcalde. Así se hizo visible su hábito de monja y una cruz de plata que brillaba sobre el pecho, lo que la identificaba como abadesa de un convento cisterciense. La dama velada, en cambio, solo había dado señales de vida con un suspiro casi imperceptible. Por fin pidió a la señora de la casa un vaso de agua.

Esta, sin embargo, trajo esencias fuertes y gotas medicinales, ponderando su "milagrosa" eficacia, mientras rogaba a la dama que se quitara los velos gruesos y pesados que le dificultaban la respiración. La enferma, apartando con la mano cualquier intento de acercamiento y echando la cabeza hacia atrás con gesto de repugnancia, rechazó la propuesta; e incluso cuando consintió en aspirar los vapores de una esencia fuerte y probó el agua en la que la inquieta señora había echado unas gotas de un "probado" elixir, lo hizo todo bajo el velo, sin levantarlo lo más mínimo.

—¿Habéis preparado todo, querido señor? —preguntó la abadesa al alcalde—. ¿Todo, tal como se deseaba?

—Sí —respondió el anciano—. Espero que el Serenísimo Príncipe quede satisfecho conmigo, así como la dama, por quien estoy dispuesto a hacer cuanto me permitan mis fuerzas.

—Ahora —continuó la abadesa—, dejadme unos instantes a solas con mi niña.

La familia tuvo que abandonar la habitación. Se oyó a la abadesa hablar con fervor y emoción a la dama, y cómo esta, por fin, le respondió con una voz que tocaba el corazón. Aunque sin "escuchar a propósito", la señora de la casa se quedó junto a la puerta; hablaban en italiano, lo cual le daba a la escena un aire más misterioso y aumentaba la ansiedad que le apretaba la garganta.

El anciano hizo apartarse a su esposa y a su hija para que se ocuparan del vino y los refrescos; y él volvió a la habitación. La dama del velo, ya más serena, estaba con las manos cruzadas y la cabeza inclinada ante la abadesa. Esta aceptó uno de los refrigerios que le ofrecía la dueña de la casa y exclamó:

—¡Ha llegado la hora!

La dama velada se arrodilló; la abadesa le puso la mano sobre la cabeza y murmuró unas oraciones. Cuando terminó, abrazó a la dama mientras las lágrimas le corrían por el rostro, como en un desbordamiento de dolor. Después, recobrada la calma y con dignidad, bendijo a la familia y se apresuró, guiada por el anciano, hacia el carruaje, donde relinchaban los caballos de recambio.

Cuando la esposa del alcalde comprendió que la dama del velo —para quien habían bajado dos maletas— se quedaba en la casa, y que incluso parecía instalada por largo tiempo, no pudo resistir la curiosidad y la inquietud. Salió al corredor y le cerró el paso al anciano, que ya se dirigía a su alcoba.

—Por el amor de Dios —susurró angustiada—, ¿qué huésped me traes a casa? Tú lo sabías y me lo has ocultado.

—Todo lo que yo sé debes saberlo tú también —respondió él con gran calma.

—¡Ya, ya! —insistió ella, más alterada—. Pero tal vez tú no lo sepas todo. Si hubieras estado en la habitación… Apenas se fue la abadesa, la dama casi se ahoga bajo sus velos. Se levantó el crespón negro, ancho, que le llega casi a las rodillas, y entonces vi…

—Bien, ¿qué viste? —interrumpió el anciano, mientras su esposa miraba a su alrededor, temblorosa, como si viera fantasmas.

—No pude distinguir los rasgos bajo el velo fino… pero esa palidez mortal, ¡ay!, ese tono lívido… Y escucha bien: es evidente, claro como el cielo en día de sol, que la dama está encinta. Dará a luz en pocas semanas.

—Ya lo sabía, querida esposa —señaló el anciano, ya con malhumor—. Y para que se te pase la curiosidad y la inquietud, te lo explicaré en dos palabras. Debes saber que el príncipe Z., nuestro Serenísimo protector, me escribió hace unas semanas: la abadesa del convento cisterciense de O. traería consigo a una dama a la que debía recibir en mi casa con la mayor discreción posible y evitando llamar la atención. La dama solo quiere ser conocida como Celestina y aguardará aquí su parto. En cuanto nazca el niño, vendrán a recogerlos.

Debo añadir que el príncipe me ha recomendado, con palabras muy enérgicas, tener las máximas atenciones con la dama y, para los primeros gastos y molestias, me ha dado una bolsa llena de ducados, que puedes ver encima de la cómoda. Espero que eso calme tus escrúpulos.

—Entonces —dijo su esposa—, vamos a encubrir graves pecados, por lo que anuncian esos preparativos.

Antes de que el anciano pudiera responder, su hija salió de la habitación y lo llamó: la dama deseaba un poco de calma y pedía que la condujeran a la alcoba que le habían preparado.

El anciano había dispuesto que las dos habitaciones del piso superior se acondicionaran lo mejor posible. Se desconcertó un poco cuando Celestina preguntó si, además de esas dos estancias, no había otra cuyas ventanas dieran a la parte posterior. Contestó que no; y añadió, para ser exacto, que aunque existía una pieza con una ventana hacia el jardín, no podía considerarse una habitación: era un cuartito estrecho, semejante a una celda conventual, casi sin espacio para una cama, una mesa y una silla.

Celestina pidió verlo de inmediato, y apenas entró afirmó que ese lugar se ajustaba perfectamente a sus deseos y necesidades. Por lo tanto, viviría allí, y solo cuando su estado exigiera más espacio y una enfermera se trasladaría a un cuarto mayor.

Si el anciano había comparado aquel cuarto con una celda, al día siguiente ya lo era de verdad. Celestina clavó una imagen de María en la pared y colocó un crucifijo sobre la vieja mesa de madera, bajo la imagen. La cama era un jergón de paja con una colcha de lana; y, aparte de un taburete y una mesa pequeña, no añadió ningún otro mueble.

La dueña de la casa, reconciliada con la extraña por el dolor profundo y agotador que mostraba, creyó necesario hablarle para animarla con frases de cortesía, pero la forastera le rogó, con palabras conmovedoras, que no perturbara una soledad donde encontraba su mayor consuelo, concentrando el pensamiento en la Virgen y en los santos.

Todas las mañanas, al amanecer, Celestina iba a las carmelitas a oír la primera misa. El resto del día parecía dedicarlo sin interrupción a ejercicios de devoción, pues siempre que había que buscarla se la encontraba rezando o leyendo libros piadosos. Rechazaba cualquier comida que no fuera de verduras, cualquier bebida que no fuera agua; y solo las advertencias más insistentes del alcalde, sobre las exigencias de su estado y del ser que llevaba dentro, lograban convencerla de probar, de vez en cuando, un poco de caldo de carne y algo de vino.

En la casa todos consideraban esa vida austera como expiación de algún pecado; pero al mismo tiempo creció en ellos un sentimiento íntimo de compasión y un profundo respeto, a lo que contribuían la nobleza de su figura y el encanto de cada uno de sus movimientos.

Sin embargo, un tono sombrío se mezclaba en esos sentimientos: Celestina nunca se quitaba el velo, de modo que nadie veía su rostro. Nadie se le acercaba salvo el anciano y las mujeres de su familia; y para estas —que jamás habían salido de aquella pequeña ciudad— era imposible seguir una pista que esclareciera el misterio, pues no podían reconocer un semblante que nunca habían visto. ¿Para qué, entonces, el velo?

La fantasía femenina no tardó en fabricar una explicación: una terrible marca —así decía la fábula—, la huella de una garra demoníaca, habría desfigurado horriblemente el rostro de la forastera, y por eso llevaba aquel velo espeso. El anciano tuvo que esforzarse por contener las habladurías y evitar que, al menos delante de su puerta, se chismeara sobre la huésped, cuya permanencia en casa del alcalde ya era conocida en la ciudad.

Sus visitas al convento de carmelitas tampoco pasaron inadvertidas, y pronto fue conocida como "la dama negra del alcalde", nombre que por sí solo alimentaba la idea de una aparición fantasmal.

El azar quiso que, un día, cuando la hija subía la comida a la habitación de la forastera, una corriente de aire levantara el velo. Con la rapidez de un rayo, Celestina se volvió, ocultándose al instante de la mirada de la muchacha. Aun así, la joven bajó pálida y temblorosa.

No había deformación alguna; pero, como su madre, alcanzó a ver un rostro blanco como el mármol, y en sus ojos —hundidos— un brillo singular. El anciano, con razón, atribuyó mucho a la imaginación de la muchacha; pero, en el fondo, el asunto también lo inquietaba tanto como a los demás. Deseaba que aquella persona trastornada, pese a su piedad, abandonara su casa.

Poco después, una noche el anciano despertó a su esposa y le dijo que desde hacía unos minutos oía gemidos ahogados, quejidos y golpes que parecían venir de la habitación de Celestina. La esposa, sospechando la causa, se apresuró a subir. Encontró a Celestina, vestida y envuelta en el velo, casi desvanecida en la cama, y comprendió que el parto estaba próximo.

Trajeron de inmediato todo lo necesario —que desde hacía tiempo tenían preparado— y, al poco, nació un niño sano y hermoso. Este acontecimiento, aunque no era inesperado, ocurrió con la conmoción de lo imprevisto, y sus consecuencias deshicieron la relación incómoda con la forastera, que había sido una carga para la familia.

El niño, como una forma de expiación, pareció acercar de nuevo a Celestina a la humanidad. Su situación ya no permitía ejercicios de austeridad extrema, y como su desamparo la obligaba a aceptar a quienes la cuidaban con tanto esmero, fue acostumbrándose cada vez más a su trato.

La dueña de la casa, ocupada únicamente en atender a la enferma, preparar una sopa sustanciosa y llevársela, olvidó con esas preocupaciones domésticas todo lo malo que antes se le había pasado por la cabeza acerca de la misteriosa huésped. Ya no pensó que su hogar honrado pudiera servir de refugio al pecado.

El anciano, completamente rejuvenecido y lleno de alegría, mimaba al niño como si fuera su nieto; y él, y los demás, terminaron por acostumbrarse a que Celestina cubriera siempre su rostro, incluso durante el parto.

La comadrona tuvo que prometerle que, aun si ella perdía el conocimiento, nadie levantaría los velos, excepto la propia comadrona, y solo en caso de peligro de muerte. Todos daban por hecho que la vieja había visto a Celestina sin velo, pero ella se limitó a decir:

—¡Ay! La pobre dama debe cubrirse con el velo.

A los pocos días apareció el monje carmelita que había bautizado al niño. Su entrevista con Celestina —en la que nadie pudo estar presente— duró más de dos horas. Se le oyó hablar y rezar con fervor. Cuando se fue, encontraron a Celestina sentada en el sofá, con el niño en el regazo.

El pequeño llevaba a la espalda un escapulario y sobre el pecho un agnusdéi.

Pasaron semanas y meses sin que nadie viniera a recoger a la dama y al niño, como el alcalde creía y como el propio príncipe Z. se lo había asegurado. Celestina habría podido integrarse por completo en el círculo pacífico de la familia, si no fuera por aquellos velos fatales que frenaban el último gesto de acercamiento.

El anciano se lo dijo a la forastera; pero cuando ella respondió con voz sorda y solemne:

—Solo con la muerte caerán estos velos, él guardó silencio y volvió a desear que apareciera el carruaje de la abadesa.

Ya había llegado la primavera cuando la familia del alcalde regresaba de un largo paseo con ramos de flores en las manos; los más hermosos eran para Celestina. Justo cuando iban a entrar en la casa, apareció un jinete preguntando por el alcalde. El anciano dijo que él era el alcalde y que estaban ante su propia puerta.

Entonces el jinete desmontó de un salto, ató el caballo a un pilar y se lanzó dentro de la casa, subiendo las escaleras mientras gritaba:

—¡Ella está aquí! ¡Ella está aquí!

Se oyó el golpe de una puerta y el grito de terror de Celestina. Dominado por la angustia, el anciano subió corriendo. El jinete —por lo que se veía, un oficial de cazadores franceses, varias veces condecorado— había sacado al niño de la cuna y lo sujetaba con el brazo izquierdo, envuelto en la manta. Con la derecha, Celestina se aferraba a él con todas sus fuerzas para impedir que le arrancara al niño.

En la lucha, el jinete le arrancó el velo… Un rostro blanco como el mármol, rígido como la muerte, enmarcado por rizos negros, lo miró desde unas cuencas profundas, lanzando destellos brillantes. De los labios entreabiertos, inmóviles, brotaban gemidos agudos y penetrantes. El anciano comprendió entonces que Celestina llevaba una máscara blanca, muy ceñida a la piel.

—¡Oh, mujer funesta! ¿Quieres que tu delirio me arrastre también a mí? —gritó el oficial, y se soltó con violencia, de modo que Celestina cayó al suelo.

Pero ella se abrazó a sus rodillas y, con un dolor indecible, en un tono que atravesaba el corazón, suplicó:

—¡Déjame al niño! ¡Oh, déjame al niño…! ¡Por la salvación eterna, no puedes quitármelo! ¡Por Cristo, por la Virgen Santa! ¡Déjame al niño… déjame al niño!

Y al murmurar esos lamentos no movía un solo músculo; ni siquiera los labios de aquel rostro cadavérico se movían. Al anciano, a su esposa, a todos los que habían seguido la escena, se les heló la sangre.

—¡No! —gritó el oficial, como fuera de sí—. ¡No! ¡Mujer inhumana e implacable! Podrás arrancarme el corazón del pecho, pero no corromperás con tu locura al ser que busca consuelo en esta herida sangrante.

Apretó al niño aún más contra sí, hasta hacerlo llorar.

—¡Venganza! ¡Que caiga la venganza del Cielo sobre ti… asesino!

—¡Apártate…, apártate…, vete al diablo! —chilló el oficial, señalando a Celestina con un movimiento convulso del pie.

Quiso llegar a la puerta. El anciano se interpuso. Pero el oficial sacó con rapidez una tercerola y exclamó, dirigiéndose al alcalde:

—Una bala en la cabeza para quien intente arrancar el niño a su padre.

Bajó corriendo las escaleras, montó de un salto sin soltar al niño y huyó al galope.

La dueña de la casa, angustiada por la situación y el porvenir de Celestina, venció el horror que le producía la máscara y se apresuró a ayudarla. Grande fue su asombro al ver a Celestina, como una estatua, en medio de la habitación, con los brazos caídos e inertes.

Le habló, pero no hubo respuesta. Incapaz de soportar la visión de la máscara, recogió los velos del suelo y volvió a colocárselos. Ni un solo movimiento. Celestina parecía hundida en un estado semejante al de un autómata. Aquello llenó de nuevo de miedo y pena a la señora de la casa, y en lo más íntimo rogó a Dios que la librara, al menos, de aquella extraña inquietante.

Su ruego fue escuchado de inmediato: en ese mismo instante se detuvo frente a la puerta el mismo carruaje que había traído a Celestina. La abadesa, acompañada por el príncipe Z., el alto protector del viejo alcalde, entró en la casa. Cuando supo lo que acababa de ocurrir, dijo con voz suave:

—Entonces hemos llegado demasiado tarde; debemos abandonarnos a la Providencia divina.

Bajaron a Celestina, que se dejaba conducir rígida y muda, sin el menor gesto de voluntad. La subieron al carruaje, que partió al instante. El alcalde y su familia sintieron que acababan de despertar de una pesadilla fantasmagórica.

Poco después de que todo esto ocurriera en casa del alcalde de L., enterraron con solemnidad inusual a una francmasona en el convento de monjas cistercienses de O. Corrió el rumor de que se trataba de la condesa Hermenegilda de C., de quien se creía que había viajado a Italia con la hermana de su padre, la princesa de Z.

Por esa misma época apareció en Varsovia el conde Nepomuceno de C., padre de Hermenegilda, para ceder sus diversas, cuantiosas e importantes posesiones —excepto una pequeña propiedad en Ucrania que se reservó— a sus sobrinos, los hijos del príncipe Z., mediante un acta judicial irrevocable.

Preguntado por la dote de su hija, alzó su mirada adusta hacia el cielo y dijo con voz áspera:

—Ya tiene su dote.

No solo confirmó el rumor sobre la muerte de Hermenegilda en el convento de O., sino que hizo pública la extraña fatalidad que habría caído sobre ella, llevándola como mártir sufriente, antes de tiempo, a la tumba.

Algunos patriotas, abatidos pero no quebrados por la caída de la patria, intentaron retomar con el conde relaciones secretas para restaurar el Estado polaco. Pero ya no encontraron al hombre fervoroso e inspirado por la libertad, que antes ofrecía su mano con ánimo firme a cualquier empresa audaz, sino a un viejo vencido, desgarrado por un dolor brutal, apartado de los asuntos del mundo y a punto de encerrarse en una soledad profunda.

Antes, en los días en que se preparaba la insurrección tras el primer reparto de Polonia, el solar del linaje del conde Nepomuceno de C. había sido el lugar secreto de reunión de los patriotas. Allí se encendían los ánimos en banquetes solemnes para la lucha por la patria perdida. Allí, como la imagen de un ángel enviado del cielo para dar su bendición, aparecía Hermenegilda entre los jóvenes héroes.

Como era habitual en las mujeres de su nación, participaba en todos los debates, incluso en los políticos; y, con apenas diecisiete años, atendiendo y sopesando con precisión la situación, expresaba a veces —incluso delante de todos— opiniones de una agudeza y perspicacia extraordinarias, y en muchas ocasiones era ella quien inclinaba la decisión.

Además de ella, nadie tenía tanto talento para captar de un vistazo y exponer con claridad el estado de las cosas, salvo el conde Estanislao de R., un joven fogoso y muy dotado de veinte años. Con frecuencia Hermenegilda y Estanislao sostenían a solas discusiones intensas sobre los asuntos planteados: examinaban, aprobaban o rechazaban propuestas, o sugerían otras.

Los resultados de esos diálogos eran muchas veces reconocidos por los viejos y sagaces hombres de Estado sentados en el consejo como los más certeros y valiosos. Lo natural era pensar en la unión de ambos, pues en sus magníficos talentos parecía germinar la salvación de la patria.

Además, el vínculo entre ambas familias era políticamente importante, ya que se les creía movidos por intereses distintos, como ocurría a menudo en Polonia. Hermenegilda, convencida de esos motivos, consideró al marido que le estaba destinado como un "regalo de la patria" y así, con una solemne promesa de matrimonio, concluyeron las reuniones patrióticas en las propiedades de su padre.

Es sabido que los polacos fueron derrotados y que, con la caída de Kósciuszko, fracasó la tentativa, demasiado confiada y sostenida en una lealtad caballeresca mal entendida. El conde Estanislao, cuya temprana carrera militar —su juventud y vigor— parecía destinarlo al ejército, había combatido con el arrojo de un león.

Regresó después de haber escapado con dificultad de una prisión humillante y casi herido de muerte. Solo Hermenegilda lo mantenía aferrado a la vida, y en sus brazos creía recuperar el consuelo y la esperanza perdidos. En cuanto sanó de sus heridas, corrió a la quinta del conde Nepomuceno… para recibir, una vez más, la herida más dolorosa.

Hermenegilda lo recibió con una atención casi burlona.

—¿Estoy viendo al héroe que quería ir hacia la muerte por su patria? —exclamó al tenerlo frente a ella.

Parecía como si, en un arrebato, tomara a su prometido por uno de aquellos paladines de la caballería legendaria cuya espada podía vencer ejércitos enteros. ¿De qué servían las razones de que ninguna fuerza humana podía detener el torrente impetuoso que había inundado y devastado la patria? ¿De qué servían las súplicas del amor si Hermenegilda —como si su corazón helado solo pudiera encenderse en el estruendo brutal del mundo— había decidido otorgarle su mano al conde Estanislao únicamente cuando los extranjeros fueran expulsados del país?

El conde comprendió demasiado tarde que Hermenegilda no lo amaba, y tuvo que convencerse, además, de que aquella condición quizá nunca —o al menos no en mucho tiempo— llegaría a cumplirse. Jurándole fidelidad hasta la muerte, se apartó de su amada y se alistó en el ejército francés, que lo llevó a las guerras de Italia.

Se dice de las mujeres polacas que las distingue cierta inconstancia. En su ánimo se mezclan un sentimiento profundo, una despreocupación apasionada y una frialdad mortal, y esa mezcla se refleja en sus cambios visibles, como el rumor de un arroyo cuya superficie se agita mientras corre sobre honduras insondables.

Hermenegilda vio partir a su prometido con indiferencia; pero apenas pasaron unos días cuando la asaltó un anhelo indescriptible que solo nace del amor más encendido. La tormenta de la guerra se disipó, se proclamó una amnistía y se liberó a los oficiales polacos prisioneros. Entonces muchos de los compañeros de armas de Estanislao volvieron a reunirse en la quinta del conde.

Con hondo dolor, pero también con el entusiasmo que da el valor, recordaron aquellos días terribles en los que todos habían combatido, aunque ninguno con mayor arrojo que Estanislao. Había conducido a los batallones a la línea de fuego cuando todo parecía perdido, y logró romper las filas enemigas con su caballería. La suerte del día pendía de un hilo cuando una bala lo hirió y, con el grito de:

—¡Patria! ¡Hermenegilda!

cayó del caballo, bañado en sangre.

Cada palabra de aquel relato fue como una daga clavándose en el corazón de Hermenegilda.

—¡No…! ¡No sabía que lo amaba desde el primer instante en que lo vi! ¿Qué engaño diabólico pudo confundirme, infeliz de mí, que creía poder vivir sin él… sin él, que es toda mi vida? ¡Yo lo he empujado hacia la muerte… no volverá! —gritó Hermenegilda entre gemidos que conmovieron a todos.

Sin dormir, atormentada por una inquietud constante, vagaba de noche por el parque y, como si el viento pudiera llevar sus palabras hasta el amante lejano, gritaba:

—¡Estanislao! ¡Estanislao! ¡Vuelve! ¡Soy yo, Hermenegilda, quien te llama! ¿No me oyes? ¡Vuelve…! ¡Si no, moriré de añoranza y desesperación!

Parecía que aquel estado de exaltación acabaría por transformarse en verdadera locura y la llevaría a cometer mil disparates. El conde Nepomuceno, lleno de angustia por la muchacha, pensó que tal vez era necesario pedir ayuda médica, y consiguió un doctor dispuesto a quedarse unos días en la quinta para atenderla.

Cuanto más apropiado parecía el tratamiento —más mental que físico— y cuanto más evidente era su eficacia, más difícil resultaba hablar de una curación real, porque después de largos períodos de calma volvían aquellos extraños arrebatos.

Un incidente singular cambió el rumbo de todo. Hermenegilda acababa de arrojar indignada al fuego su pequeño soldado ulano, el muñeco que apretaba contra el pecho y al que llamaba con los nombres más cariñosos, como si fuera su amado, porque el muñeco se negaba a cantar: Podrosz twoia nam niemita, milsza przyaszn w kraiwbta, etc.

Estaba a punto de regresar a su alcoba después de aquella "expedición de castigo", cuando se hallaba en el vestíbulo y oyó pasos detrás de ella, acompañados de un repiqueteo metálico. Miró y vio a un oficial con el uniforme de los cazadores franceses, con el brazo izquierdo en cabestrillo. Entonces, gritando:

—¡Estanislao, mi Estanislao!

Cayó desvanecida en sus brazos.

El oficial, paralizado por la sorpresa, tuvo que hacer un gran esfuerzo para sostener con un solo brazo a Hermenegilda, alta y de cuerpo exuberante. La apretó cada vez con más fuerza y, al sentir en su pecho los latidos del corazón de ella, comprendió que aquello era una de las aventuras más intensas de su vida.

Pasaron unos segundos. El oficial, encendido por un fuego que saltaba como chispas de la figura encantadora que sostenía, besó con pasión sus labios.

Así los encontró el conde Nepomuceno cuando salió de su habitación. También él gritó, lleno de júbilo:

—¡Conde Estanislao!

Hermenegilda despertó en ese mismo instante, apretando al oficial contra su pecho y exclamando, fuera de sí:

—¡Estanislao! ¡Mi amado… mi esposo!

El oficial se sonrojó, temblando. Perdió la serenidad y dio un paso atrás mientras se soltaba con suavidad del abrazo crispado de Hermenegilda.

—Es el momento más dulce de mi vida… pero no quiero entregarme a una felicidad que solo nace de un error. Yo no soy Estanislao… ¡ay!

Así habló el oficial, tartamudeando. Hermenegilda retrocedió asustada y, al mirarlo con mayor atención, comprendió que el extraordinario parecido con su amado la había engañado. Entonces huyó gimiendo y lamentándose.

El conde Nepomuceno, al oír que el joven era el primo menor de Estanislao, el conde Javier de R., apenas podía creer que en tan poco tiempo un muchacho se hubiera convertido en un joven vigoroso. Sin duda, las fatigas de la guerra habían endurecido su rostro y su porte.

Javier había abandonado la patria al mismo tiempo que su primo Estanislao y, como él, se había enrolado en el ejército francés y combatido en Italia. Aunque entonces tenía apenas dieciocho años, pronto se mostró prudente y valiente, de modo que el general lo nombró su ayudante; y ahora, a los veinte, ya había ascendido a coronel.

Herido, necesitaba reposo. Volvió a su país y, para transmitirle a la amada de Estanislao los encargos de este, se dirigió a las posesiones del conde Nepomuceno, donde fue recibido como si fuera el prometido.

El conde Nepomuceno y el médico hicieron cuanto pudieron para calmar a Hermenegilda, que, abatida por la vergüenza y la amargura, no quería salir de su habitación mientras Javier permaneciera en la casa. Pero fue inútil.

Javier estaba fuera de sí: ya no podía volver a ver a Hermenegilda. Le escribió diciendo que estaba pagando una semejanza funesta de la que no era culpable. Pero no solo él: también Estanislao quedaba alcanzado por aquella desgracia ocurrida en un instante fatal, pues a Javier, portador de una embajada amorosa, le habían arrebatado toda posibilidad de entregar en mano, como debía, la carta de Estanislao y de decir de palabra aquello que, por la urgencia del momento, Estanislao no había podido escribir.

La doncella de Hermenegilda, a quien Javier había ganado para su causa, aceptó de buen grado el encargo. Y lo que ni el padre ni el médico habían logrado, lo consiguió Javier con su nota.

Hermenegilda lo recibió en su alcoba guardando un silencio absoluto y con la mirada baja. Javier se acercó con paso vacilante y se colocó frente al sofá donde ella estaba; pero al inclinarse, parecía más bien arrodillarse ante Hermenegilda.

Así, con palabras conmovedoras y en un tono en el que parecía acusarse del peor crimen, le suplicó que no cargara sobre él la culpa del equívoco, pues sufría más por la felicidad de su querido amigo. No había sido él, sino el propio Estanislao, quien la había abrazado en la confusión del reencuentro.

Le entregó la carta y comenzó a hablar de Estanislao: de cómo, con fidelidad caballeresca, pensaba en su dama en plena batalla; de cómo su corazón ardía por la libertad y la patria… Javier hablaba con ardor, y Hermenegilda, venciendo el temor, clavaba en él la mirada luminosa de sus ojos, de modo que Javier —como un Kalaf alcanzado por la mirada de Turandot— temblaba de una dicha dulce y peligrosa, y apenas podía continuar.

Sin darse cuenta, acosado por la lucha interior contra la pasión, se extendió en la descripción de combates: cargas de caballería, masas dispersadas, baterías conquistadas. Impaciente, Hermenegilda lo interrumpió:

—¡Basta de esas escenas sangrientas, de ese espectáculo infernal! Dime… dime solo que me ama, que Estanislao me ama.

Javier, conmovido, tomó su mano y la apretó contra su propio pecho.

—¡Escúchalo, escucha a tu Estanislao! —dijo.

Y de sus labios brotaron declaraciones ardientes, propias de la locura de una pasión devoradora.

Cayó a los pies de Hermenegilda y ella lo envolvió con sus brazos; pero cuando él, alzándose de pronto, quiso estrecharla contra el pecho, fue apartado con violencia. Hermenegilda lo miró con una fijeza extraña y dijo, con voz opaca:

—¡Vanidoso farsante! Aunque mi pecho también te dé calor, tú no eres Estanislao y nunca lo serás.

En ese momento salió de la habitación con paso sereno y silencioso.

Javier comprendió demasiado tarde su imprudencia. Sentía con claridad que amaba con locura a Hermenegilda, la prometida del amigo y primo, pero también que cada paso que diera al ritmo de su pasión lo acusaría de una traición desleal.

Tomó la decisión —heroica y desesperada— de marcharse de inmediato y no volver a verla. Ordenó preparar el equipaje y enganchar los caballos.

El conde Nepomuceno se sorprendió cuando Javier fue a despedirse. Le rogó que lo dejara todo en sus manos, pero Javier, con una firmeza nacida más del impulso que de una verdadera fuerza interior, insistió una y otra vez en que debía irse por causas extraordinarias.

Con la espada ceñida y la gorra en la mano, permanecía en medio de la estancia; su criado lo esperaba ya en el vestíbulo con el abrigo, y frente a la puerta resoplaban los caballos.

Entonces se abrió la puerta y entró Hermenegilda. Con un aire indescriptible se dirigió hacia el conde y dijo, sonriendo:

—¿Quiere irse, querido Javier? Yo esperaba oír todavía muchas más cosas de mi amado Estanislao. ¿Sabe usted que sus relatos me consuelan profundamente?

Javier, sonrojado, bajó la vista. Todos tomaron asiento. El conde Nepomuceno repitió una y otra vez que, desde hacía muchos meses, no veía a Hermenegilda tan serena y alegre. A una seña suya, como ya era hora de cenar, dispusieron la mesa en la misma estancia. El vino más noble de Hungría brillaba en las copas y Hermenegilda, con las mejillas encendidas, celebrando el recuerdo del amado, de la libertad y de la patria, bebía de las copas colmadas.

«Me iré de noche», pensaba Javier. Y, en efecto, cuando ya habían recogido la mesa, preguntó a los criados si el carruaje seguía preparado. Pero, como había ordenado el conde Nepomuceno, el coche había sido guardado y desenganchado hacía rato; estaba en las cocheras, los caballos comían en las cuadras y Woyzec roncaba abajo, sobre su jergón de paja.

Javier se dio por conforme. La inesperada aparición de Hermenegilda convenció al conde de que no solo era posible, sino aconsejable, permanecer allí. Y de esa idea pasó a otra: solo tenía que vencerse a sí mismo; es decir, contener los arrebatos de la pasión que, al excitar el estado frágil de Hermenegilda, podía dañarla… y dañarlo a él.

Fuera cual fuese el rumbo que tomara después el asunto, Javier decidió —aun si Hermenegilda despertaba de sus fantasías— anteponer el presente, luminoso, al futuro sombrío. Todo dependía de cómo se alinearan las circunstancias, y no quería pensar todavía en deslealtades ni en rupturas.

Al día siguiente, cuando Javier volvió a ver a Hermenegilda, logró, evitando con cuidado cualquier detalle que pudiera alterar su sangre ardiente, dominar su pasión. Se mantuvo dentro de los límites de la cortesía más estricta; incluso adoptó un ceremonial frío y, sin embargo, dejó en su conversación ese leve temblor de galantería que para muchas mujeres es veneno envuelto en azúcar.

Javier, un joven de veinte años, inexperto en asuntos de amor, parecía aprender —al compás de su propio conflicto interior— el arte de un maestro. Hablaba solo de Estanislao, de su amor indecible por su dulce prometida; pero, en el fuego que encendía, supo insinuar también su propia imagen, de modo que Hermenegilda, confusa, ya no lograba separar del todo la figura del ausente Estanislao de la de Javier.

La presencia de Javier se volvió pronto una necesidad para la inquieta Hermenegilda. Así, se les veía casi siempre juntos y a menudo como si sostuvieran una conversación íntima, casi amorosa. Con la costumbre, Hermenegilda fue perdiendo poco a poco sus temores y, en la misma medida, Javier fue traspasando los límites de aquel ceremonial frío en el que al principio, con prudencia, se había encerrado.

Paseaban del brazo por el parque, y ella dejaba distraídamente su mano en la de él cuando, ya en la sala, se hablaba del afortunado Estanislao. Como no se trataba de asuntos de Estado ni de la patria, el conde Nepomuceno era incapaz de ver más allá y se conformaba con lo que veía en la superficie. Su espíritu, insensible a lo demás, solo retenía las imágenes fugaces de la vida, que pasaban sin dejar huella.

Sin sospechar el verdadero fondo del carácter de Hermenegilda, dio por bueno que ella hubiera sustituido los muñecos —que en sus delirios representaban al amado— por un joven de carne y hueso. Y creyó, con no poca seguridad, que Javier, quien como futuro yerno también le profesaba afecto, pronto ocuparía por completo el lugar de Estanislao.

Ya casi no pensaba en este. Javier, por su parte, pensaba lo mismo: después de un par de meses, Hermenegilda, aun cuando parecía tener el espíritu lleno del recuerdo de Estanislao, permitía que Javier se hiciera cada vez más presente con sus propias pretensiones.

Una mañana, Hermenegilda se encerró en su alcoba con su doncella y no quiso ver a nadie. El conde Nepomuceno creyó que se trataba de un nuevo episodio que pronto pasaría. Rogó al conde Javier que usara la influencia que había adquirido sobre Hermenegilda para ayudar a su restablecimiento.

Pero su sorpresa fue enorme: Javier no solo se negó a acercarse a Hermenegilda, sino que parecía haber cambiado por completo. En vez de mostrarse seguro, como antes, se veía intimidado, como si hubiera visto un fantasma. Su voz vacilaba y sus frases eran lánguidas, entrecortadas. Dijo que debía partir hacia Varsovia, que no volvería a ver a Hermenegilda… Renunciaba a toda dicha amorosa… Sentía que la fidelidad de Hermenegilda, rozando la locura, lo arrastraba —para su vergüenza— a una deslealtad hacia su amigo… La huida inmediata era, según él, el único modo de salvarse.

El conde Nepomuceno no entendió nada. Le pareció, simplemente, que la exaltación de Hermenegilda había contagiado al muchacho. Intentó hacérselo ver, pero fue inútil. Cuanto más insistía Nepomuceno en la necesidad de que Javier ayudara a Hermenegilda a salir de sus rarezas —y, por tanto, en la obligación de verla—, con mayor vehemencia se oponía Javier.

La discusión terminó pronto: Javier, como empujado por una fuerza invisible e irresistible, salió, se lanzó al carruaje y huyó.

Nepomuceno, lleno de horror e ira por la conducta de Hermenegilda, dejó de ocuparse de ella. Así pasaron muchos días en los que ella permaneció encerrada, sin ser molestada, acompañada solo por su doncella.

Un día, Nepomuceno estaba en su habitación, absorto en meditaciones sobre las acciones heroicas de aquel hombre a quien por entonces los polacos adoraban como a un ídolo, cuando la puerta se abrió y entró Hermenegilda, vestida de luto riguroso y con un largo velo de viuda cubriéndole el rostro. Con paso lento y solemne se acercó al conde, cayó de rodillas y dijo con voz temblorosa:

—¡Oh, padre mío! El conde Estanislao, mi amado esposo, ha muerto. Cayó como un héroe en el campo de batalla. ¡Ante usted está su viuda inconsolable!

El conde Nepomuceno lo tomó por un nuevo trastorno del ánimo de Hermenegilda, más aún porque pocos días antes había recibido noticias de que el conde Estanislao estaba bien. La levantó con suavidad y dijo:

—Tranquilízate, querida hija: Estanislao está vivo; pronto correrá a tus brazos.

Hermenegilda aspiró hondo, como con un suspiro agónico, y se dejó caer, desgarrada, entre los almohadones del sofá. Pero, al cabo de unos segundos, recobrando el control, dijo con una calma y una lucidez asombrosas:

—Déjeme, querido padre, explicarle cómo ocurrió todo; debe saberlo para reconocerme como viuda del conde Estanislao de R. Hace seis días, al anochecer, estaba en el pabellón sur de nuestro parque. Mis pensamientos, todo mi ser, estaban en mi amado. Sentí que mis ojos se cerraban involuntariamente; no me dormí, no: caí en un estado extraño que solo puedo llamar sueño en vela.

Pronto me rodearon zumbidos terribles y estallidos. Oí un estruendo inmenso. Muy cerca sonaban disparos. Me levanté sobresaltada y me sorprendió encontrarme en un cobertizo. Ante mí estaba él arrodillado… mi Estanislao. Lo abracé, lo estreché contra mi pecho.

«¡Dios sea alabado! —exclamó—. ¡Eres mía!»

Me dijo que, justo después de la bendición nupcial, me desvanecí; y yo, necia, no recordé hasta entonces que el padre Cipriano —a quien vi en ese momento salir del cobertizo— nos había unido en la capilla cercana, bajo los truenos de la artillería, bajo el estrépito de la batalla próxima. La alianza de oro brillaba en mi dedo.

La felicidad con que abracé a mi esposo es indescriptible. Un éxtasis nunca antes sentido —el éxtasis de la mujer dichosa— inundó mi alma… Perdí el sentido…

Un soplo helado me rozó… Abrí los ojos…

¡Horror!

En medio del caos de la feroz batalla ardía ante mí el cobertizo, del que al parecer me habían rescatado… Estanislao, acosado por jinetes enemigos… Sus camaradas se lanzaron a salvarlo… Demasiado tarde: por la espalda, un jinete lo derribó del caballo.

Hermenegilda volvió a desvanecerse, vencida por el dolor. Nepomuceno corrió a buscar algún remedio que le devolviera las fuerzas, pero no hizo falta: Hermenegilda se repuso de un modo casi prodigioso.

—Se ha cumplido la voluntad del Cielo —dijo con voz grave—. No debo quejarme; pero, fiel a mi esposo hasta la muerte, ninguna atadura terrenal me separará de él.

Con razón el conde Nepomuceno tuvo que creer que la locura incubada en el alma de Hermenegilda se desahogaba en aquella visión. Y como su duelo, sereno en apariencia, no producía gestos alarmantes ni indecorosos, le pareció aceptable esa situación, que terminaría cuando llegara el conde Estanislao.

Cuando Nepomuceno dejaba caer alguna palabra sobre fantasías o visiones, Hermenegilda sonreía con tristeza, apretaba la alianza —que siempre llevaba en el dedo— contra los labios y la humedecía con lágrimas tibias.

Nepomuceno advirtió con asombro que el anillo le era desconocido y que nunca se lo había visto a su hija; pero, como había mil maneras de que ella lo hubiera obtenido, no se esforzó en indagarlo.

Para él, era más importante la noticia funesta: el conde Estanislao había caído prisionero. Hermenegilda comenzó a debilitarse de un modo extraordinario; se quejaba con frecuencia de una sensación extraña, que no podía llamar enfermedad, pero que agitaba todo su ser.

Por esa época llegó el príncipe Z. con su esposa. La princesa, como la madre de Hermenegilda había muerto joven, había ocupado su lugar y por ello fue recibida con la entrega de una hija. Hermenegilda le abrió el corazón por completo y, con la más amarga tristeza, se lamentaba de que la llamaran loca visionaria, a pesar de tener —según ella, dadas las circunstancias— la prueba más convincente de la certeza de su unión con Estanislao, consumada de verdad.

La princesa, que ya conocía el asunto y estaba convencida del trastorno de Hermenegilda, evitó contradecirla. Se limitó a decirle que el tiempo lo aclararía todo y que lo mejor era abandonarse a la voluntad del cielo.

Pero la princesa se inquietó de verdad cuando Hermenegilda le habló de su estado físico, describiendo aquellos ataques extraños que parecían sacudirla por dentro. Se vio cómo la princesa velaba por Hermenegilda con creciente preocupación, y cómo aumentaba su desasosiego justo cuando Hermenegilda parecía mejorar: las mejillas y los labios recuperaban el color; sus ojos perdían aquel fuego oscuro e inquietante; la mirada se volvía dulce y tranquila; las formas, antes demacradas, se hacían más llenas y redondeadas. En suma: Hermenegilda florecía en toda su juventud y belleza.

Y, sin embargo, parecía que la princesa la consideraba más enferma que nunca.

—¿Cómo te sientes? ¿Qué te pasa, hija? ¿Qué es lo que sientes? —preguntaba con seria alarma en el rostro cada vez que Hermenegilda suspiraba o palidecía lo más mínimo.

El conde Nepomuceno, el príncipe y la princesa discutieron entre sí qué hacer con Hermenegilda y su idea fija de ser la viuda de Estanislao.

—Me temo —dijo el príncipe— que su locura es incurable, porque físicamente está sana y, con todas sus fuerzas, alimenta el desorden de su mente.

Sí —continuó, mientras la princesa miraba al frente con dolor—: está sana, pero, para su desgracia, la cuidan y la consienten como si estuviera enferma.

La princesa, a quien esas palabras afectaron profundamente, miró fijamente al conde Nepomuceno y dijo con decisión:

—No. Hermenegilda no está enferma. Pero, si no fuera completamente imposible que hubiera caído en pecado, estaría convencida de que está embarazada.

Se levantó de inmediato y abandonó la habitación. Como si un rayo los hubiera golpeado, el conde y el príncipe se miraron en silencio. El príncipe, intentando restarle peso, comentó que su esposa, a veces, también se dejaba llevar por ideas extrañas. Pero el conde Nepomuceno dijo con gravedad:

—Tiene razón en que algo así sería imposible… y, sin embargo, debo confesarte que ayer, cuando vi a Hermenegilda caminar frente a mí, me cruzó un pensamiento absurdo: "Mira, la joven viuda está encinta". Y ese pensamiento solo pudo nacer de observar su figura. Por eso las palabras de la princesa me han llenado de una preocupación oscura, de una angustia amarga.

—Entonces —replicó el príncipe— será el médico o la comadrona quien deba confirmarlo, desmintiendo el juicio quizá apresurado de la princesa… o corroborando nuestra deshonra.

Durante varios días vacilaron sin saber qué decisión tomar. Para ambos, el cuerpo de Hermenegilda se volvió sospechoso, y la princesa tuvo que resolver qué hacer. Rechazó la intervención de un médico —quizá demasiado indiscreto— y dijo que, en cinco meses, no necesitarían ayuda de nadie para saber la verdad.

—¿Qué ayuda? —exclamó, asustado, el conde Nepomuceno.

—Sí —continuó la princesa alzando la voz—. Ya no cabe duda: o Hermenegilda es la hipócrita más perversa que haya existido, o estamos ante un misterio imposible de explicar. Basta: está embarazada.

El conde Nepomuceno, paralizado de horror, no dijo una palabra. Al fin, sacando fuerzas de donde no las tenía, suplicó a la princesa que, costara lo que costara, averiguara por boca de Hermenegilda quién era la persona maldita que había traído la deshonra eterna a su casa.

—Hermenegilda —dijo la princesa— todavía no sospecha que yo lo sé. En cuanto le hable de lo que le ocurre, espero enterarme de todo. Se sorprenderá y dejará caer la máscara… o se hará evidente su inocencia, aunque no alcanzo a imaginar cómo podría ser.

Esa misma noche, la princesa estaba a solas con Hermenegilda en su habitación. El respeto filial de la muchacha parecía crecer a cada instante. La princesa la tomó del brazo, la miró a los ojos y dijo con tono tajante:

—Querida: estás embarazada.

Hermenegilda alzó la vista, transfigurada por una alegría casi celestial, y exclamó en pleno éxtasis:

—¡Madre! Ya lo sé. Desde hace tiempo siento que, aunque mi fiel esposo yace bajo los golpes mortales de sus enemigos, debo ser inmensamente feliz. Sí: aquel instante de máxima felicidad terrenal vive en mí. Volveré a tener a mi amado esposo en la prueba viva de nuestra unión.

La princesa sintió que todo giraba a su alrededor y estuvo a punto de desmayarse. La sinceridad del rostro de Hermenegilda, su fervor, el aire de verdad que la envolvía, impedían pensar en un engaño; y, sin embargo, en lo que decía había una extravagancia cercana al delirio. Aferrándose a esa idea, la princesa apartó a Hermenegilda y exclamó:

—¡Insensata! ¡Un sueño te ha puesto en un estado que nos cubre a todos de vergüenza y deshonra! ¿Crees que vas a engañarme con esas tonterías? ¡Piensa! Recuerda lo ocurrido en los últimos días. Tal vez una confesión sincera nos salve.

Hermenegilda, bañada en lágrimas y rota por un dolor amargo, cayó a los pies de la princesa y gimió:

—¡Madre! ¿También tú me tomas por una soñadora? ¿Tampoco tú crees que la Iglesia nos unió a Estanislao y a mí, que yo soy su esposa? Mira el anillo en mi dedo… ¡Qué digo! Tú… tú ya conoces mi estado. ¿No basta eso para convencerte de que no miento?

La princesa comprendió, asombrada, que en Hermenegilda no cabía siquiera la idea de una falta, y que no había entendido la insinuación. Apretando las manos contra el pecho de la princesa, Hermenegilda siguió suplicando: ahora, puesto que su estado ya era indudable, podían pensar en su esposo.

La princesa, desconcertada y grave, ya no sabía qué decirle a la pobre ni qué camino seguir para arrancarle el secreto que explicara aquel asunto. Solo varios días después confesó a su esposo y al conde Nepomuceno que era imposible averiguar nada más por medio de

Hermenegilda, completamente convencida de estar embarazada de su esposo.

Los hombres, furiosos, llamaron hipócrita a Hermenegilda. El conde Nepomuceno, en particular, juró que si la indulgencia no lograba arrancarle la idea de que un cuento insípido podría convencerlo, él lo intentaría con medidas más severas. La princesa, en cambio, opinaba que la dureza sería una crueldad inútil. Estaba convencida —como ya se ha dicho— de que Hermenegilda no fingía, sino que creía con toda el alma lo que afirmaba.

—Hay —añadió— secretos en el mundo que no estamos hechos para entender. ¿Y si la fuerza del pensamiento tuviera también efectos sobre el cuerpo? ¿Y si la unión espiritual de Estanislao y Hermenegilda la hubiese llevado a este estado inexplicable para nosotros?

A pesar de su ira y de la tensión del momento, el príncipe y el conde Nepomuceno no pudieron contener una carcajada cuando la princesa expuso aquellas ideas, que ellos llamaron las más sublimes y etéreas que habían oído. La princesa, enrojecida, respondió que a los hombres rudos les faltaba sensibilidad para esas cosas. Dijo que todo el asunto en que había caído su pobre niña —en cuya inocencia creía sin reservas— le parecía escandaloso y repugnante, y que un viaje, en el que pensaba acompañarla, era el mejor y único modo de apartarla de la malicia y la burla de la gente.

El conde Nepomuceno se mostró satisfecho con el plan, pues, como Hermenegilda no hacía ningún secreto de su estado, debía ser alejada de su círculo de conocidos para resguardar su fama.

Una vez tomada esa decisión, todos se sintieron más tranquilos. El conde Nepomuceno casi dejó de pensar en el secreto alarmante, porque veía la posibilidad de ocultarlo al mundo, cuya burla era para él lo más amargo. Y el príncipe juzgó, con razón, que, dado el verdadero estado anímico de Hermenegilda, no quedaba otra cosa que dejar al tiempo la solución del enigma.

Justo cuando daban por terminada la conversación y cada cual se disponía a retirarse, la repentina aparición del conde Javier de R. trajo nuevas preocupaciones.

Acalorado por la larga cabalgata, cubierto de polvo y con la precipitación de quien se deja arrastrar por una pasión, entró en la estancia y, sin saludar ni guardar las formas, gritó con voz fuerte:

—¡El conde Estanislao ha muerto! No cayó prisionero, no... Cayó abatido por sus enemigos. ¡Aquí están las pruebas!

Y, diciendo esto, puso varias cartas en manos del conde Nepomuceno, que empezó a leerlas completamente desconcertado.

La princesa echó un vistazo a las cartas y, tras leer apenas unas líneas, alzó los ojos al cielo, juntó las manos y exclamó, llena de dolor:

—¡Hermenegilda! ¡Pobre niña! ¡Qué misterio tan impenetrable!

Había leído que el día en que murió Estanislao coincidía con el que Hermenegilda había señalado, y que todo había ocurrido tal como ella lo había presentido en aquel instante funesto.

—Ha muerto —dijo Javier, impulsivo y apasionado—. Hermenegilda ha quedado libre, y no hay ningún obstáculo para que yo, que la amo como a mi vida, pida su mano.

El conde Nepomuceno no pudo responder. El príncipe tomó la palabra y explicó que ciertas circunstancias hacían imposible considerar esa petición; que, por el momento, Javier no podía ver a Hermenegilda; y que lo mejor era que se marchara de inmediato, del mismo modo en que había llegado.

Javier replicó que conocía el estado mental de Hermenegilda —a eso debían referirse—, pero que no lo consideraba un obstáculo; al contrario: su unión con ella lo acabaría. La princesa le aseguró que Hermenegilda había jurado fidelidad a Estanislao hasta la muerte y, por tanto, rechazaría cualquier otra unión. Además, ya no estaba en el palacio.

El conde Javier soltó una carcajada y dijo que solo necesitaba el consentimiento del padre. Conquistar el corazón de Hermenegilda dependía por completo de él.

Enojado por la insolencia del joven, el conde Nepomuceno respondió que en vano esperaba su consentimiento y que podía abandonar el palacio de inmediato.

El conde Javier lo miró fijamente, abrió la puerta del vestíbulo y ordenó a Woyzec que trajera la manta de viaje, desenganchara los caballos y los llevara al establo. Luego volvió a la habitación, se dejó caer en el sillón junto a la ventana y dijo, con calma solemne, que sin ver ni hablar con Hermenegilda solo sería expulsado por la fuerza.

El conde Nepomuceno replicó que, en ese caso, podía contar con una estancia larga; pero que entonces debía perdonarle que fuera él quien abandonara el palacio.

En ese momento, el conde Nepomuceno, el príncipe y su esposa salieron para llevarse a Hermenegilda lo antes posible.

El azar quiso que, precisamente entonces, Hermenegilda se encontrara en el parque —contra su costumbre— y Javier, desde la ventana, la vio pasear a lo lejos. Corrió hacia el jardín y la alcanzó cuando ella entraba en aquel pabellón del sur, tan funesto. Su estado era ya visible para cualquiera.

—¡Oh, Dios del cielo! —exclamó Javier al encontrarse frente a ella.

Se arrojó a sus pies y le juró, con las palabras más fervientes, que la tomaría por esposa. Hermenegilda, fuera de sí por el susto y el horror, le dijo que un destino cruel lo había enviado allí para perturbar su tranquilidad. Nunca, nunca sería esposa de otro que no fuera su amado Estanislao, a quien —según ella— estaba unida hasta la muerte.

Pero Javier no dejaba de insistir con ruegos y promesas. Y cuando, al fin, con una pasión desatada, le aseguró que se equivocaba; que ya le había concedido a él los momentos más dulces del amor; y, levantándose del suelo, intentó abrazarla, Hermenegilda lo apartó con repugnancia y desprecio, y con un gesto helado exclamó:

—¡Miserable egoísta! Así como no podrás borrar la prueba viva de mi unión con Estanislao, tampoco lograrás seducirme para que traicione criminalmente mi fidelidad. ¡Fuera de mi vista!

Entonces Javier extendió el puño cerrado frente a ella y, tras una carcajada burlona, gritó:

—¡Loca! ¿No rompiste tú misma ese juramento absurdo? El niño que llevas en tu vientre es mío. Fuiste conmigo con quien te abrazaste en este mismo lugar… Fuiste mi amante y lo seguirás siendo, si no te convierto en mi esposa.

Hermenegilda lo miró con un fulgor infernal en los ojos. Luego gritó:

—¡Monstruo!

Y se desplomó en el suelo, como muerta.

Javier, como si lo persiguieran todas las furias, corrió hacia el palacio. Se topó con la princesa, que lo sujetó sin miramientos del brazo y lo condujo a la sala.

—¡Me ha rechazado horrorizada! ¡A mí, el padre de su hijo!

—¡Por todos los cielos! ¿Tú? ¡Javier! ¡Dios mío! Dime, ¿cómo fue posible? —exclamó la princesa, aterrada.

—Que me maldiga quien sea —continuó Javier, ya más sereno—, pero si a cualquiera le ardiera la sangre como a mí, habría pecado igual en esos momentos. Encontré a Hermenegilda en el pabellón, en un estado extraño que no sé describir. Estaba tendida en el canapé, como si durmiera profundamente y soñara.

Yo acababa de entrar cuando se incorporó, vino hacia mí, me tomó de la mano y empezó a caminar con paso solemne por el pabellón. Luego se arrodilló. Yo hice lo mismo. Comenzó una oración y pronto comprendí que me tomaba por un sacerdote. Se quitó el anillo y me lo ofreció como si fuera para la ceremonia. Yo lo tomé y, en su lugar, le puse otro anillo de oro que me quité del dedo.

Entonces Hermenegilda cayó en mis brazos, llena de un amor profundo. Cuando huí, la dejé allí, desvanecida.

—¡Hombre horrible! ¡Qué ultraje! —gritó la princesa, fuera de sí.

En ese momento entraron el conde Nepomuceno y el príncipe. En pocas palabras escucharon la confesión de Javier. La princesa se sintió herida al ver que los hombres consideraban el crimen de Javier perfectamente excusable y que podía quedar "reparado" mediante un matrimonio con Hermenegilda.

—¡No! —dijo la princesa—. Hermenegilda jamás dará su mano a quien, como un espíritu maldito, se atrevió a envenenar el instante más sublime de su vida con el crimen más infame.

—Ella —dijo el conde Javier con orgullo frío e irónico— tendrá que dármela para salvar su honor. Me quedaré aquí, y todo ocurrirá por sí solo.

En ese momento se oyó un golpe sordo. Trajeron al palacio a Hermenegilda, a quien el jardinero había hallado inerte en el pabellón. La recostaron en el sofá y, antes de que la princesa pudiera impedirlo, llegó Javier y le tomó la mano.

Hermenegilda se incorporó sobresaltada, lanzó un grito inhumano —como el aullido de un animal salvaje— y miró al conde con ojos centelleantes, llena de horror. Él, como alcanzado por una mirada mortal, retrocedió tambaleante y balbuceó, casi sin voz:

—Los caballos…

A una seña de la princesa lo llevaron abajo.

—¡Vino! ¡Vino! —gritó.

Bebió varios vasos y, ya reanimado, montó a caballo y desapareció.

El estado de Hermenegilda, que parecía pasar de una enajenación muda a un delirio salvaje, cambió también los sentimientos del conde Nepomuceno y del príncipe: comprendieron el horror, lo irreparable del acto de Javier. Quisieron llamar al médico, pero la princesa rechazó toda ayuda: solo el consuelo espiritual —decía— podía ser efectivo.

Así que, en vez del médico, llamaron a Cipriano, el monje carmelita confesor de la familia. De un modo sorprendente, logró sacar a Hermenegilda del desmayo al que la había arrojado su crisis. Y aún más: pronto estaba tranquila y serena; habló con total coherencia con la princesa y le manifestó su deseo de vivir, después del parto, en el convento cisterciense de O., como acto permanente de penitencia y duelo.

A su luto había añadido unos velos que le cubrían por completo el rostro, y que nunca levantaba.

El padre Cipriano se marchó del palacio, pero volvió a los pocos días. Para entonces, el príncipe Z. ya había escrito al alcalde de L., en cuya casa debía esperar Hermenegilda el parto. La abadesa del convento cisterciense —pariente de la familia— la llevaría allí, mientras la princesa viajaba a Italia, supuestamente acompañada por Hermenegilda.

Era medianoche. El carruaje que debía llevar a Hermenegilda al convento esperaba ante la puerta. Inclinado por el dolor, el conde Nepomuceno aguardaba al príncipe, a la princesa y a la infeliz muchacha para despedirse.

Entonces entró Hermenegilda, cubierta por el velo, llevada de la mano por el monje, a la habitación iluminada por candelabros. Cipriano dijo con voz solemne:

—La hermana lega Celestina ha pecado gravemente mientras vivía en el mundo, pues la obra del diablo ha manchado su alma pura. Pero un voto irrevocable le sirve de consuelo… paz y dicha eterna. Jamás volverá el mundo a ver el rostro cuya belleza sedujo al diablo. Mirad: así empieza y consuma Celestina su expiación.

Y el monje levantó el velo de Hermenegilda.

Un dolor agudo se apoderó de todos al ver la pálida máscara mortuoria tras la que se ocultaba para siempre la hermosura angelical de Hermenegilda. Ella se despidió, incapaz de pronunciar una sola palabra, de su padre, que, deshecho por el dolor, creía no poder seguir viviendo.

El príncipe, otras veces hombre de sangre fría, rompió a llorar. Solo la princesa, luchando con todas sus fuerzas contra el horror de aquel voto, logró mantenerse serena.

Es difícil saber cómo supo el conde Javier dónde estaba Hermenegilda y que el recién nacido sería consagrado a la Iglesia. De poco le sirvió el rapto del niño: cuando llegó a P. y quiso dejarlo al cuidado de una mujer de confianza, descubrió que no estaba desmayado por el frío —como había creído— sino muerto. Después de eso, el conde Javier desapareció sin dejar rastro, y se creyó que se había quitado la vida.

Pasaron muchos años. El joven príncipe Boleslav de Z. llegó a las cercanías del Posílipo en su viaje a Nápoles. En aquel lugar agradable se alza un convento camaldulense al que subió para contemplar una vista que le habían descrito como la más hermosa de Nápoles.

Cuando estaba a punto de llegar a unos peñascos del jardín —señalados como el mejor mirador— vio a un monje sentado sobre una gran roca. Con un devocionario abierto en el regazo, el monje miraba el horizonte. Su rostro, de rasgos todavía jóvenes, estaba deformado por un pesar profundo.

Cuanto más se acercaba el príncipe, más le rondaba un recuerdo oscuro. Se aproximó, vio que el devocionario estaba escrito en polaco y le habló en esa lengua. El monje, sobresaltado, se volvió; pero al ver al príncipe, se cubrió el rostro y huyó entre los matorrales con una rapidez extraña, como empujado por una fuerza oscura.

El príncipe Boleslav aseguró al conde Nepomuceno —cuando le relató aquella aventura— que ese monje no era otro que el conde Javier de R.

CONTENIDO